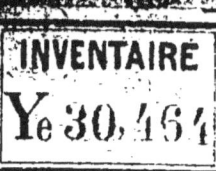

I0657793

POÉSIES

FABLES ET AUTRES PIÈCES

DE

L'Abbé POISSON

PRÊTRE DU DIOCÈSE DE CHARTRES

PARIS-AUTEUIL

IMPRIMERIE DES APPRENTIS CATHOLIQUES. — ROUSSEL

40, rue La Fontaine, 40.

—

1878

POÉSIES DE L'ABBÉ POISSON

DU MÊME AUTEUR :

1o Essai sur les causes du succès du protestantisme au xvie siècle.

2o Explication des Evangiles.

3o Chroniques de l'abbaye de Saint-Père de Chartres, suivies de la monographie de l'église.

4o Vie de saint Gilduin.

5o Légende de sainte Soline.

6o Notice sur l'abbaye de l'Eau.

7o La Raison, la science et la foi devant le mystère.

8o Sermons et Instructions.

POÉSIES

FABLES ET AUTRES PIÈCES

DE

L'Abbé POISSON

PRÊTRE DU DIOCÈSE DE CHARTRES

PARIS-AUTEUIL

IMPRIMERIE DES APPRENTIS CATHOLIQUES. — ROUSSEL

40, rue La Fontaine, 40

—

1878

UN MOT

Ces vers que je n'ose appeler poésies, quoique je les aie décorés de ce titre, sont de simples bluettes, amusement de mon esprit se reposant d'un travail sérieux ou ne voulant pas rester dans le vague de la pensée du *farniente*. Du reste, l'idéal de la poésie est une agréable diversion à la pénible réalité de la vie. L'esprit, en se jetant dans l'idéal, se délasse de la fatigue du positif, et l'âme de son labeur. Telle a été l'œuvre présente. On y rencontrera l'enjouement du badinage mêlé à la gravité du sentiment. Il n'y a rien là qui ne soit licite.

Je tenais à cette explication avec le lecteur, avant qu'il lise mes vers : je pourrai compter alors sur son indulgence.

Je la lui demande.

POÉSIES DE L'ABBÉ POISSON

L'Innocence.

Je fis ces vers, en 1845, à Chartres, en me promenant et en
révassant. Ce furent les premiers; jusque-là, je n'avais
pas essayé de la poésie : je ne me croyais pas apte à la
versification.

Aux jours heureux de l'innocence,
Je buvais à la coupe d'or ;
Je rêvais la douce espérance,
Et rien ne me manquait encor.
Le plaisir pur était ma joie,
Et ma gloire était ma candeur.
Des vertus je suivais la voie ;
Du bien je savais la grandeur.
De même qu'au bord d'une eau pure
L'yeuse étend ses verts rameaux,
De même à la simple nature
Je livrais mes désirs nouveaux.

Combien était belle mon âme,
Alors que la paix y régnait !
Que pouvait lui faire le blâme,
Fuyant le mal qu'elle craignait ?
Mais quand, hélas ! mûri par l'âge,
J'eus connu mieux le cœur humain,
Je vis la vertu sans hommage,
L'homme au vice tendre la main.
De l'innocence méprisée
Je vis souvent couler les pleurs,
Au méchant servir de risée ;
Je compris toutes ses douleurs.
Aux élans de la confiance
Mon cœur de ce jour fut fermé ;
Contre tout j'estimai science
De savoir me tenir armé.
Sans doute furent moins sincères
Et paroles et sentiment.
Mais, las de trahisons amères,
L'homme amoindrit son dévoûment ;
Il pleure les jours de l'enfance,
Qu'il ne sut pas apprécier,
Alors que la douce innocence,
L'empêchait de se méfier.
Candide, il se livrait sans crainte ;
Le mal, il ne le supposait ;
Heureux et sans nulle contrainte,
Son cœur ingénu ravissait.
Bientôt il n'en fut plus de même ;
Arriva la mauvaise foi,

Qui mérite un mépris suprême,
Qui cependant se pose en loi :
En plein éveil contre la ruse,
On cesse d'être confiant ;
De notre parole elle abuse,
Comment n'être pas méfiant ?
Après l'astuce vient la lutte,
De la haine l'affreux tison :
Aux traits malins on est en butte,
Vil jouet de la trahison.

    Revenez, beaux jours de l'enfance,
Vous apaiseriez mes douleurs ;
Vous me donneriez l'espérance,
Sujet de regrets et de pleurs.
Venez présenter à ma vue
Le prisme de l'illusion ;
Que la coupe d'or soit revue.
Elle seule est ma passion.

Vers

pour la fête d'Hippolyte de Trimont (1).
Impromptu.
Arpajon, le 12 août 1851.
Ce fut mon second essai en versification, à six ans de distance
du premier.

En ce beau jour, pour célébrer ta fête,
Cher Hippolyte, alors que tout s'apprête,
Je ne saurais en arrière rester,
Car l'amitié ce serait maltraiter,
De quelques fleurs je veux te faire hommage.
A nul jardin ne causerai dommage :
Vaut mieux dix fois parler de ton regard,
Vrai, pur, sincère, aimable à mon égard,
Doux à ta mère en lui faisant caresse,
De tes amis goûté par sa tendresse.
Puis ton bien-dire et ton souris maïn,
Déconcertant pour l'insolent faquin,
Et ta bonté si libre de faiblesse,
Prenant les cœurs par sa courtoise adresse,
Ta foi sincère et son vrai dévoûment,
De tes vertus le plus riche ornement,
Nous font crier, avec bonheur extrême,
Que Dieu, puissant et sagesse suprême,

(1) Mort à Langrune, dép. du Calvados, le 28 août 1869.

Nous montre en toi sa grande habileté;
Puisqu'il t'orna d'une telle beauté.
Ami, reçois mon humble poésie :
Elle est du cœur, non de la fantaisie ;
Ce que tu vaux, sans les fleurs d'un bosquet,
M'a seul suffi pour te faire un bouquet.

Vers

que je composai en forme de chanson pour le mariage de mon neveu Emile Fauchon et de ma nièce Euphrosyne Courty.

15 juin 1852.

I

L'amour est aveugle, dit-on ;
Plus d'un soutient qu'il n'y voit goutte :
Moi, je n'admets pas ce dicton.
Non, il ne fit pas fausse route,
Le jour qu'épris de vos attraits,
Il vous choisit pour fiancée :
Ce n'étaient pas de faux portraits
Qu'il se créait à la pensée.

II

De votre doux cœur la beauté,
De vos sentiments la tendresse,
De vos goûts la simplicité,
De vos élans l'aimable adresse
L'ont séduit, mais non pas trompé :
Cédant au pouvoir de vos charmes,
Non, il n'est point un attrapé ;
Nous le proclamons sans alarmes.

III

Je le dis sans plus de façon,
Amis, si vous choisissez femme,
Ah ! puisse en votre humble maison
Une Euphrosyne être la dame.
Choix fortuné d'habile main,
Vous n'aurez pas du mariage
A redouter le lendemain,
Du bonheur vous aurez le gage.

IV

Oui, l'amour y voit, c'est constant.
Je le soutiens : quelle est ma preuve ?
Elle est facile en cet instant :
Point de vos raisons qui m'émeuve ;
Euphrosyne est mon argument !
De cette espèce il en vaut mille,
Tous le dites en ce moment.
Eh bien ! buvons au choix d'Emile.

Vers

pour le même mariage.
Impromptu.
15 juin 1852.
Ma nièce avait défiance d'elle-même, elle avait hésité un
instant à se marier.

I

La fleur timide
Qui naît
Sous l'herbe humide
Me plait :

Fille défiante
Fait femme confiante;
C'est mon refrain :
Vous m'entendez bien.

II

On me pardonne,
D'honneur,
Si je lui donne
Mon cœur:
Fille défiante, etc.

III

Flammes sincères
Toujours
Rendent prospères
Les jours :
Fille défiante, etc.

IV

Chère cousine,
Plutôt
Douce Euphrosyne,
Bientôt
Fille défiante, etc.

La Chatte de ma nièce Marie.

Chansonnette,
composée en me promenant, le 5 novembre 1852.
Ma nièce aimait beaucoup sa chatte, de nom Perlette,
fourrure grise.

I

Je veux chanter, chanter Perlette.
Ceci me plait, n'est-ce pas bien ?
L'idée est-elle si follette ?
Vous le dites ; je n'en crois rien.
Jeune fille a plus d'un caprice ;
Vieille femme n'en manque pas ;
Mais ceux-ci sont un vrai supplice ;
Disons-le, disons-le tout bas.

II

Ma chatte est gentille au possible ;
Preste, à cœur joie elle bondit.
Eveillée et d'humeur paisible,
Par sa gambade elle ravit.
Vous la trouvez un peu rebelle ;
Du jeune âge elle a les défauts :
L'enfant lutin est fait comme elle ;
N'est-il pas aimable en ses sauts ?

III

Ma chatte a poil fin, robe grise :
La coquette en voudrait autant.
De Perlette je suis éprise;
Cela n'est pas compromettant :
A jeune chatte jeune fille
Son cœur peut donner sans danger.
Mais si pour certain il sautille,
Sentiment il faut ménager.

IV

Ma chatte fait patte mignonne;
Elle est méchante au seul taquin.
Oui, ma Perlette est douce et bonne :
Qui dit non est un franc coquin.
Elle a minois plein de finesse,
Un regard futé qui séduit,
Tout le gentil de la jeunesse :
Jamais n'ai vu si mieux produit.

Lettre en vers et en prose.

A ma nièce Euphosyne.
9 décembre 1852.

Tu me demandes, ma chère nièce, des vers
sur deux pigeons,

> Que tu dis forts coquets,
> Beaux et surtout discrets.
> Je veux la chose ;
> Car je n'ose,
> En pareil cas,
> M'exposer à quelque fracas :
> Je sais que femme éprise
> Voit d'un œil séduit
> Le cher objet qu'elle prise,
> Et en fait grand bruit.

En ceci bon nombre d'hommes ont la sottise
d'être femmes. C'est un peu la même chose en
fait de discrétion : le bon La Fontaine l'a dit.
Imprudent, il était, ce jour-là, en humeur cha-

grine, soutiendrait avec force plus d'un indiscret.

Or çà, tu veux me faire chanter deux pigeons ;
mais je n'en connais ni la patte, ni l'œil, ni le
plumage. Je pense qu'ils roucoulent comme
ont roucoulé tous les pigeons, depuis Noé
jusqu'à nos jours ; qu'ils sont beaux, braves et
coquets. Que veux-tu que je dise là-dessus ?
Irais-je chanter leurs révérences et leurs saluta-
tions qui n'en finissent pas, leurs *couroucoux*
interminables, leurs piétinements à droite et à
gauche autour de leur dame, leurs tournoie-
ments de tête en queue et de queue en tête pour
paraître plus courtois, leur gorge largement
déployée et chatoyant de mille façons, leurs
vains efforts enfin pour plaire à une cruelle qui
n'est pas en humeur de galanterie ? Cela n'est ni
de mon âge, ni de mon habit, ni de mon caractère.

Or donc trêve en ceci.
Tu crirais bientôt : « Merci ! »
Car je ferais ta volière,
Oh ! de plus d'une manière,
Triste et maussade à foison.
Tu me dirais : « Attendez la vieillesse
Pour en deux points me prêcher la tristesse. »
Encore sur quel air chanter tes chers pigeons,

lorsque je n'ai jamais su accorder un *fa* avec un
mi? Je courrais risque de mettre *Malbroug s'en
va-t-en guerre* sur le ton de *Cadet Roussel est
bon enfant.*

D'ailleurs Marie s'est réservé le privilége de
mes chansonnettes. Elle prétend qu'il n'y a que
miss Perlette digne d'un dithyrambe pindarique,
voire même d'un poëme en douze chants pour
raconter par quelle triste et lamentable aventure
sa chatte a eu la queue coupée. Virgile en a bien
autant, afin de nous dire en très-beaux vers que
le saint homme Enée était parti des bords du
Scamandre pour débarquer en Italie. Or la
pauvre Perlette est revenue, non de la bataille,
mais d'un horrible guet-apens, l'instrument de
par derrière pendant, sanglant, en mille pièces.
O perverse fortune, qui te joues ainsi des
humains! J'oubliais que je parlais d'une chatte:
les poëtes ont parfois des distractions. *Eh!
chère nièce, qui n'en a pas?* Heureusement que
ladite chatte n'arrivait point du combat: c'eût
été à son éternelle honte. Sa terminaison posté-
rieure eût annoncé qu'elle avait très-certaine-
ment reçu l'ennemi non en face, mais en queue,
comme les poltrons, dont la précaution sage est

toujours de montrer le derrière à l'ennemi: non
à découvert, cela serait par trop audacieux
fort honnêtes gens, ils cacheraient volontiers
dans l'étui des pays bas jusqu'à leurs oreilles,
s'ils le pouvaient.

Pour Perlette, si elle eût été attaquée en bataille rangée, elle eût montré son joli minois, et
eût vaincu par ce seul aspect les plus intrépides
guerriers. Les rats eux-mêmes se seraient mis
bénévolement dans sa gueule, plutôt que de lui
faire la plus petite égratignure. O trop infor-
tunée Perlette, obligée d'abandonner ainsi à
une main traîtresse cette si belle partie d'elle-
même qui ravissait Marie non moins que ses
yeux flamboyants et son mufle obtus!

De ce dernier point, le mufle obtus, Marie
n'en convient pas. Elle prétend que chez moi,
si ce n'est l'esprit, c'est au moins les yeux qui
sont perclus, et, pour que je ne l'ignore, elle me le
dit en prenant son *ré* d'en haut. Cependant jusqu'à ce jour je ne me sens ni podagre ni man-
chot, et ai encore de la cervelle dans la tête. Je
soutiens donc que la diagonale de l'angle facial
de Perlette n'est pas droite. Tu pourrais plutôt
le demander à Henri, devenu expert en mathé-

matiques depuis que la science est la base des cerveaux collégiens. Quant à moi, petit de savoir, j'en suis encore à mon deux et deux font quatre, et je défierais là-dessus les plus forts mathématiciens, vu qu'un axiome ne se démontre pas. Or l'obtus du nez de Perlette est vrai comme deux et deux font quatre.

Vos pigeons et vos chats, en vérité, me font devenir enfant et dire bien des niaiseries; mais, Marie et toi, n'êtes-vous pas encore des enfants, qu'on aurait besoin de bercer pour les rendre sages? Ce ne seraient pas des larmes, mais des ris qu'il faudrait apaiser. Tant mieux : riez bien, c'est signe de jeunesse et de santé. Quant au chagrin, mettez-le à la porte chaque fois qu'il voudra venir; ce sera un tour bien joué.

> Pour conclusion enfin :
> Deux pigeons en un ménage
> Me semblent fort deux époux
> Qui savent sans un nuage
> Couler les jours les plus doux.
>
> Malgré ses rimes douteuses,
> Que dis-tu de mon quatrain?
> Des chansons les plus fameuses
> N'en peux-tu faire un refrain?

Oui!

Deux pigeons en un ménage
Me semblent bien deux époux
Qui savent sans un nuage
Couler les jours les plus doux.

Sur ce, je t'embrasse, et mes amitiés à Emile.

Ton oncle, J. POISSON.

Vers sur la condition de l'homme

14 novembre 1853.

Tout souffre, ô créature,
Et tu voudrais ne pas souffrir?
Tout meurt dans la nature,
Et tu voudrais ne pas mourir?
Quel es-tu? riche? prince?
Pauvre, ayant peines, et labeur,
Et salaire trop mince?
Qu'importe? accepte la douleur.
Elle est ton héritage :
En vain tu la repousserais;
Te pressant davantage,
Plus cruelle tu la verrais.
La mort vient après elle.
Comment pourrais-tu l'éviter?
Entends, elle t'appelle,
Sois prêt, elle va te frapper.
Souffrir
Et mourir,
En somme,
Voilà l'homme.

Ce que j'aimerais.

Stances.
29 janvier 1856.

J'aimerais un ermitage :
J'y vivrais calme, en vrai sage,
Loin, loin des trompeurs humains
Et de leur vœux incertains.

J'aimerais une chaumière,
D'un ciel d'azur la lumière,
A l'abri des passions,
Du bruit des dissensions.

J'aimerais une onde pure
Et son paisible murmure :
J'y goûterais d'heureux jours,
Sans craintes et sans détours.

J'aimerais une prairie,
Son herbe molle et fleurie :
J'y chercherais le repos,
A méditer tout dispos.

J'aimerais la fleur timide,
Des pleurs de l'aurore humide,
Exhalant sa douce odeur,
Belle en sa vive couleur.

J'aimerais le vert cytise ;
Aux derniers soleils, l'alize :
Heureux à l'ombre des bois,
Des ans j'oublirais le poids.

J'aimerais de l'alouette
Le doux chant, et la fauvette :
Cesseraient peine et douleur ;
Je croirais donc au bonheur.

J'aimerais de proche en proche
L'argentin son de la cloche ;
L'entendre soir et matin,
Frémissant dans le lointain.

J'aimerais un cœur sincère,
Qui n'usât pas de mystère,
Aimant la simplicité,
L'abandon, la vérité.

J'aimerais l'heureuse joie ;
A des souffrances en proie,
La sympathique pitié
Que nous donne l'amitié.

J'aimerais, l'âme attentive,
Paisible, contemplative,
Me perdre en l'immensité,
Rêvant à l'éternité.

J'aimerais de la nature
Considérer la structure,
Etre enfin plus près de Dieu,
Dans un solitaire lieu.

J'aimerais, rempli d'extase,
Plongeant dans le vaste espace,
M'élevant vers l'infini,
Quitter ce monde fini.

J'aimerais la solitude :
Libre de sollicitude,
Loin du bruit et du remords,
J'attendrais en paix la mort.

Dieu, de qui je tiens la vie,
Donne à ma mélancolie
De vifs attraits pour t'aimer,
Te bénir et me calmer (1).

(1) Ou *Te bénir et t'acclamer.*

Réponse du prince impérial au Sénat.

Ces vers furent récités à l'oreille dans le salon du général
de Pernetti, sénateur.

« Messieurs, votre discours me touche, »
Dit l'enfant en faisant caca.
Ceci passa de bouche en bouche
Et fut goûté par le Sénat.

Je composai à ce sujet l'épigramme suivante :

Sénat
Caca :
La rime n'est pas riche :
Mais c'est une fameuse niche.
Quand on a le nez dedans,
A coup sûr on est pas blanc (1).
Plaignez l'impérial enfant ;
Car il a fort affaire
A faire
Pour tout ce Sénat complaisant.
Ces caducs n'en font pas mystère,
Ils ont su baiser au derrière

(1) Dans le sens figuré, légitimiste.

De chaque nouveau pouvoir,
Criant : « C'est notre devoir. »
Experts en flatterie,
Ils ont pour un peu d'or
Vendu la patrie
Et la vendraient encor. (1)

(1) Cette épigramme est, je l'avoue, sanglante ; mais on ne saurait
trop jeter le blâme sur ceux qui, pour des dignités, des honneurs et de
l'argent, se sont empressés de servir bassement tous les régimes. Ce
sont ceux-là seuls que j'ai prétendu attaquer. Assurément ils sont sans
conviction aucune et n'écoutent qu'une honteuse et dégradante ambition. Ils méritent la répulsion de tous et le mépris des âmes honnêtes.

A René Carra de Vaux (1).

En lui donnant mes vers sur l'innocence,
1859.

Oh ! qu'instruit par l'expérience,
On sent le besoin de la foi,
Le besoin d'une conscience,
Le besoin de suivre sa loi.
Sans ce guide sûr, mais rigide,
On tombe d'erreur en erreur.
Oui, ce n'est que sous son égide
Qu'on peut arriver au bonheur.

Vous ne savez, René, que l'innocence,
Aimable attrait d'un cœur pur, vertueux ;
Faites accueil à cette confidence ;
Puis soyez bon, sage, et toujours heureux.

(1) Par son père, cousin issu de germain de Lamartine.

L'*Ave maris stella.*

Février 1857.

Etoile de la mer, salut :
De l'homme vous êtes le guide ;
Vous le menez toujours au but,
Astre bienfaisant et splendide.
Vos chastes flancs ont porté Dieu,
Vierge sans tache, mère heureuse,
L'honneur de ce terrestre lieu,
Du ciel la porte glorieuse.

Salut, vous a dit Gabriel :
Vos entrailles furent émues ;
C'était un envoyé du ciel,
Gloire et crainte lui furent dues.
D'Eve ôtez la perdition ;
En surabondance de grâce
Changez la malédiction ;
Soyez la paix pour notre race.

Brisez les chaines du péché :
Sur vous, secours, force, espérance,
Notre regard est attaché ;
Nous l'avons plein de confiance.

De nos maux rompez les liens,
Favorable à notre prière,
Ah ! procurez-nous tous les biens,
De plus la céleste lumière.

Montrez-nous toute la bonté
D'une mère tendre et chérie ;
Que nous trouvions la sûreté
Dans l'aimable nom de Marie.
Que Jésus, qui naquit pour nous,
Se plut à vous avoir pour Mère,
Etant sollicité par vous,
Daigne accueillir notre prière.

Vous surpassez toute douceur,
Vierge à qui rien n'est comparable ;
Considérez notre malheur,
Donnez le pardon désirable.
Faites-nous bons, faites-nous doux,
Et très-chastes de corps et d'âme ;
Eloignez-nous de tout courroux
Et de toute funeste flamme.

Par vous que notre cœur soit pur,
Que notre âme soit embellie.
Préparez-nous un chemin sûr
Qui de tout souci nous délie.
Suivant la route des élus,
Route des belles espérances,
Que nous arrivions à Jésus
Nous enivrer de jouissances.

Très-adorable Trinité,
Vous qui donnez force et victoire,
Vous l'éternelle vérité,
Nous vous rendons honneur et gloire;
Et que, dans les siècles sans fin,
Réunis à la Vierge mère,
Par nous, avec le séraphin,
Soit dit : « Saint est Dieu notre père. »

Envoi de mon *Ave maris stella*

à ma cousine Marily Paris (1).
Mars 1857.

Vous portez le nom de Marie,
Vous le portez avec honneur,
Acceptez ce don, je vous prie;
C'est le prix d'un pieux labeur.
Votre cœur, plein d'inquiétude,
A besoin de soulagement;
Accablé de sollicitude,
Il demande un allégement.
Aux pieds de la Vierge très-sainte,
Ne cessez donc pas de prier;
Elle écoutera votre plainte,
S'empressera de l'exaucer.
Du ciel vos vertus sont connues :
La terre admire, et les bénit.
Du cœur elles vous sont venues;
La grâce ensuite les finit.

(1) Aujourd'hui supérieure des religieuses de St-Aignan, couvent
fondé par Mgr Dupanloup.

Vous en aurez la récompense.
Puissent vos vœux être écoutés !
Oui, le salut, que Dieu dispense,
Mettra le comble à ses bontés.
La grâce céleste qui change,
Touche, convertit, fait un ange,
Viendrait finir votre douleur
Et vous ravirait de bonheur.
Nous le savons, l'épreuve est grande ;
Mais votre foi, plus grande encor.
Constante en si belle demande,
Ah ! vous obtiendrez ce trésor.
Que la volonté se rebelle,
Votre vertu la gagnera,
Votre douceur l'attirera ;
Mais la victoire sera belle (1).

---

(1) C'était la conversion de son père, elle l'obtint ; il fit une mort chrétienne. Il était médecin à Paris, et y avait toujours vécu depuis ses études de médecine. Il était né à Pithiviers, département du Loiret, où son père était médecin. Il mourut en avril 1857.

A René Carra de Vaux,

en lui donnant mon ouvrage sur l'explication des Evangiles,
le 11 mars 1857.

Je vous connus gentil petit garçon,
Vif, doux, léger, preste et parfois espiègle ;
Mais, d'une mère écoutant la leçon,
On vous voyait vous soumettre à la règle.
Le Christ vous eût volontiers caressé,
Vous possédiez les charmes de l'enfance ;
Très-volontiers il vous eût embrassé,
Trouvant en vous sa douce ressemblance.
Avec bonheur il vous aurait béni ;
Vous prodiguant sa divine tendresse,
Vous eût fait voir son amour infini,
Vous eût rendu caresse pour caresse.
Vos blonds cheveux épars sur sa poitrine,
Charmant enfant appuyé sur son cœur,
On vous eût vu joyeux de sa doctrine,
Heureux, content d'en goûter la douceur.

Pour faire place à la belle jeunesse,
La tendre enfance en vous a disparu ;
C'est du jeune âge et la fougue et l'ivresse :
Je ne crains pas, vous aimez la vertu.

Par la douceur, la beauté de votre âme,
Jésus en vous verrait encor l'enfant ;
Ne verrait rien qui fût digne de blâme,
Rien de fâcheux, de mauvais, d'attristant.
Pour éviter et mécompte et déboire,
Gardez ce cœur et ces penchants heureux ;
N'en doutez pas, ce sera votre gloire ;
Contre le mal montrez-vous valeureux.
Le monde en vain nous offre la richesse,
Les dignités, le faste, les splendeurs ;
Tout cela n'est qu'une amorce traîtresse :
Il faut chercher le vrai mérite ailleurs.

Vos premiers ans avaient mille délices ;
J'en ai gardé l'aimable souvenir.
Il adoucit de nombreux sacrifices :
Vous voir jeune homme embellit l'avenir.
De l'amitié j'aime la jouissance :
L'homme, en la vie, a tant d'afflictions !
Il a besoin d'un cœur pour allégeance,
Pour consoler des contradictions.
Fermer son cœur n'est pas dans la nature ;
Ouvrez le vôtre, et recevez le mien.
Dieu trouve bon une affection pure ;
De l'existence elle est le plus grand bien.
Jeune homme aimé comme aux jours de l'enfance,
Vous comprenez du cœur l'épanchement ;
De l'amitié connaissez la puissance,
Elle soutient contre l'abattement.

De l'amitié ce livre est un modeste gage :
Toutefois, je vous prie, acceptez-en l'hommage.

Vous trouverez en lui courage et sainteté,
Science, ardeur, vertu, lumière et vérité.
Héritier du péché, l'homme est faible et fragile :
La force et le soutien ne sont qu'en l'Evangile.
La vie a des dégoûts, de nombreuses douleurs ;
Seul l'Evangile, seul, peut essuyer les pleurs.

     Qu'il soutienne votre jeune âme
     Par sa vive et céleste flamme,
     Vous soit dans les jours à venir
     Un agréable souvenir.

Les quatre peupliers du jardin de Rieux,

château de M. Carra de Vaux, allusion aux quatre enfants
Albert, René, Georges et leur sœur Alix (1).
Impromptu.
12 octobre 1857, au réveil.

Aux trois frères, à la sœur
J'ai dévoué tout mon cœur,
Naguères enfants aimables,
Présentement jeunes gens délectables.
De ces lieux ils sont l'ornement,
La beauté, l'agrément.
Renaissent sous leur doux ombrage
Les illusions du jeune âge.
Près d'eux on se plaît à vieillir,
On ne se sent pas défaillir.

(1) Lamartine composa ses premières méditations poétiques dans le parc de ce château, parc dit le Bois des Plantes. Je tiens ceci de sa tante Mme de Vaux, sœur de Mme de Lamartine. Mme de Lamartine et Mme de Vaux étaient deux demoiselles des Roys. Leur père et leur mère étaient attachés à la maison d'Orléans. Mme des Roys fut sous-gouvernante des enfants du duc d'Orléans jusqu'à l'époque où Mme de Genlis en fut nommée gouvernante : elle se retira alors. Mme de Vaux, tante de Lamartine, avait été élevée avec Louis-Philippe.

Epigramme.

Sur une jeune personne qui, à la galette des Rois, afin de
flatter une vieille dame, avait choisi le chien pour roi. —
Je l'adressai à une personne de mes connaissances, chez
laquelle on avait ri de la sottise de la cajoleuse.
18 janvier 1858.

Certain esprit lutin
Est venu ce matin
Traverser ma pauvre âme,
Y mettre une épigramme.
Ce n'est pas fort discret
De vous conter l'affaire,
Car femme d'un secret
Ne peut jamais se taire.

Cependant, belle dame, je compte sur votre
discrétion.

J'ai de certaine histoire
Haut entendu parler :
Le fait est très-notoire.
Admis de cajoler,

De faire révérence,
Non de prendre pour roi
Toutou par préférence ;
C'est de mauvais aloi.
Vous ne trompez personne,
Bêtes ni gens d'esprit ;
Tout le monde en raisonne,
Et puis chacun en rit.

Ceci est une plaisanterie, rien qu'une plaisanterie, dont vous ne ferez pas abus.

Le frère quêteur

19 décembre 1858.

Je suis frère quêteur,
Sans bâton ni besace ;
Humble solliciteur,
Ne craignez pas ma face.
Je suis franc et ouvert ;
Je hais la tromperie ;
Je parle à découvert,
Sans nulle flatterie.
A ce frère quêteur
Donnez donc votre cœur.

Je n'en veux pas à l'or,
Ne craignez pas ma quête.
Je veux meilleur trésor :
Écoutez ma requête.
Je quête l'amitié,
Tout net je le déclare.
Ne soyez pas avare.
De ce frère quêteur
Approchez votre cœur.

Montrez-vous bienfaisant.
D'une telle largesse
Serai reconnaissant :
Car j'estime sagesse
De préférer à l'or
Le cœur, source féconde,
Véritable trésor.
Excusez ma faconde :
A ce frère quêteur
Livrez donc votre cœur.

Grande douleur serait
De rentrer les mains vides.
D'ailleurs — qui le nirait? —
Les quêteurs sont avides.
Puis est à dur métier
Celui qui sollicite :
On le tient à quartier
Par refus implicite.
De ce frère quêteur
N'éloignez votre cœur.

Il est doux de donner :
Accueillez ma prière.
Tout se fait pardonner
D'une telle manière.
Doux est de recevoir :
Donnez donc sans alarme.
Sachez le concevoir,
Le don du cœur désarme.
Ecoutez ce quêteur :
Il demande le cœur.

Quoi ! d'un cruel refus
Auriez-vous le courage?
Vous en seriez confus.
Ce serait un outrage
A ce frère quêteur,
Que souvent on gourmande.
Un peu de votre cœur.
Exaucez ma demande,
Pitié pour mon labeur :
Donnez, donnez sans peur.

———

A René Carra de Vaux

en lui donnant cette pièce de vers.
1er mai 1862.

René, je vous demande,
Pauvre frère quêteur,
Que souvent on gourmande,
Un peu de votre cœur.
Or de quêter le nôtre
Nul besoin : il est vôtre.

———

La Cigarette.

Chansonnette, mise en musique.
29 janvier 1858.
A Albert Carra de Vaux (1).
(Les trois derniers couplets sont du 17 décembre 1871.)

I

Ah! qu'il est doux, qu'il est doux
De fumer la cigarette,
Et d'avoir âme jeunette
Et joyeux cœur sans courroux !
Le plaisir en est extrême,
Et même
Il possède mille appas,
Pris en dépit des papas.

II

Ah! qu'il est délicieux
De se nourrir de fumée !
De bonheur l'âme affamée
A tout le plaisir des cieux ;

(1) Il fut plus tard substitut à Nogent-le-Rotrou et à Corbeil, procureur à Bar-sur-Aube. Aujourd'hui il est démissionnaire. Jeune homme, il était grave et sérieux ; il est resté tel.

On se perd en un beau rêve ;
On lève
La défense que céans
Hasardèrent les mamans.

III

Ah ! que de songes trompeurs,
Toujours séduisants fantômes,
Viennent, comme doux arômes,
Séduire, enivrer les cœurs.
De couler ainsi sa vie
J'envie
Et le charme et les moments :
Ils sont remplis d'agréments.

IV

Ah ! je bâtis des châteaux,
Partout, en France, en Espagne ;
Car, me mettant en campagne,
Je fais larges les gâteaux.
De sagesse, oui, je me targue,
Et nargue.
Malgré blâmes et dicton,
Je me tiens pour un Caton.

V

Ah ! je ris un peu de tout,
Du bourgeois, du gentilhomme,
Voyant la sottise, en somme,
Et le comique partout.

Croire la scène jolie,
Folie,
Où se donnent les humains
Un faux serrement de mains.

VI

Ah ! sagesse est de songer,
En fumant sa cigarette,
Loisir, bois, chasse et levrette :
Tout le reste est mensonger.
C'est bonne philosophie ;
S'y fie
Ma jeune âme en son penser :
Elle a de quoi dépenser.

VII

Ah ! je répète : Il est doux
De passer ainsi sa vie,
Sans trouble, sans nulle envie,
Sans tapage, sans courroux.
Je laisse couler la vague,
La blague ;
Je me moque du dit-on :
Oui, je suis un vrai Caton.

Fable ou Apologue.

A mes petits-neveux Fauchon.
Paris, 9 février 1858.

Chère nièce, il est temps de payer ma dette,
capital et intérêts. Auras-tu perdu pour attendre?
Je ne sais. Ce que je sais, c'est que plaisir passé
n'est rien, plaisir présent peu de chose, plaisir
futur beaucoup plus, par la fantasmagorie dont
l'entoure notre imagination. Mais l'important
pour moi, c'est de solder ma dette, car je n'aime
pas à devoir, même à la plus mignonne de mes
nièces.

Depuis que je suis rentré au logis, qu'ai-je
fait? Ce qu'on fait en un logis, au dire de La
Fontaine, j'ai songé :

« Car que faire en un gîte, à moins que l'on ne songe? »

Je crois qu'on y peut aussi dormir : La Fontaine ne s'en faisait pas faute. C'est pourquoi,
quand je ne songe pas, je dors : cela repose la
tête, le cœur et les idées. Dormir, à mon sens,

c'est la meilleure part de la vie, parce que songer est travail et peine, rarement joie. Seul, le
coin du feu n'est bon qu'avec une douce somno-
lence, où les idées se brouillent, s'évanouissent.
Ah! si les idées avaient des formes, qu'il y en
aurait de biscornues, sans compter celles à angle
aigu, à angle obtus ; de rondes, d'ovales, de
carrées, de pointues, d'arrondies, et de couleur bleue, rouge, verte, jaune, violette, lilas,
blanche, rose, noire, amarante, voire même
tricolore et arc-en-ciel, car que ne passe-t-il pas
par l'humaine tête? Que de mouches et de pa-
pillons y volent, ceux-ci gracieux, celles-là ta-
quines ! Tant, que se romprait notre pauvre tête,
si de temps en temps on ne dormait. Quant à
moi, comme *lièvre au logis*, je songe sans
trop de malice et sans trop de bonhomie, attra-
pant les idées comme elles viennent. Mais, les
malignes, elles sont plus tristes que gaies. Aussi,
pour leur faire niche, quelquefois je ne songe à
rien. Sous ce dernier rapport, je ressemble à
bien des gens : car, soit dit entre nous, il est
plus facile de ne songer à rien que de songer à
quelque chose. Je songe parfois des vers, rarement, pour ainsi dire jamais ; à moins qu'une

ardeur poétique, venant de je ne sais d'où, ne
me prenne. Il m'est arrivé à l'esprit un je ne sais
quoi, que je n'ose appeler une fable, mais que tu
prendras pour telle, si tu veux ; fable donc, que
je destine à mes chers petits-neveux, Fauchon,
afin de leur apprendre que la science ne vient
par en gambadant, qu'il faut travailler, même
tout petit marmot. Voici la chose.

> Demain, disait un enfant,
> Demain j'apprendrai, serai sage.
> Or le demain arrivant,
> C'était toujours même langage :
> Rien n'y faisait,
> Ni férule ni réprimande.
> Tout le jour il s'amusait.
> A quoi ? Sotte demande :
> A jeux, gambade, espiègleries.
> « Devoirs, leçons,
> Bah ! pures niaiseries,
> Au dire des bons garçons.
> Des sots marmots c'est le partage,
> La besogne, le souci ;
> Je leur en laisse l'avantage,
> Et le privilège aussi, »
> Disait, en riant, notre drôle,
> Prétendant bien raisonner,
> Et de plus jouer beau rôle
> En sachant bien s'en donner.

Mais bientôt ce fut autre affaire,
Car on n'est pas toujours enfant;
De montrer son savoir-faire
Vient, hélas ! le cruel instant.
Or que savait notre vaurien?
        Peu de chose,
    Ou plutôt rien :
Sur tout il avait bouche close.
Car la paresse engendre l'ignorance,
    L'ignorance, à son tour,
La confusion, la souffrance,
        Et sans retour,
Puisque les ans de la jeunesse,
        Eux si pleins d'appas,
        Si pleins d'ivresse,
Ecoulés, ne reviennent pas.
Enfants, point de dédain et point de moquerie;
    Je le dis sans plus de suspens,
Vous verriez ce que vaut pareille étourderie,
    Mais ce serait à vos dépens.
Dire : « Demain je serai sage,
        Je travaillerai,
        J'étudierai, »
    Du paresseux c'est l'usage.
    Pour l'enfant studieux,
    Il parle d'autre manière :
    Le travail est délicieux,
    Il ouvre toute carrière;
        De tout il fait sortir,
        A tout fait aboutir,

Et n'a jamais de repentir.
Avec la paresse, au contraire,
Jamais on ne sort d'affaire.

Voilà mon apologue. En le mettant en pratique, mes petits-neveux deviendront des savants, des hommes capables, à l'âge où il faudra qu'ils pensent à se tirer d'affaire, parce que, jeunes, ils auront été travailleurs, des enfants studieux et sages, pensant que c'est à un lendemain qui ne vient jamais qu'on doit remettre la paresse. Sur ce, je les embrasse. Or, comme je crois le petit André seul avec toi, tu lui donneras la part des autres; ce ne sera pas trop pour lui.

J'attends de tes nouvelles. Tu vas sans doute te mettre bientôt en besogne, si ce n'est déjà fait. Je n'ai pas besoin de te dire : « Courage; » tu y es plus alerte qu'à tourner une crêpe : zist ! c'est fait.

Je t'embrasse, ainsi qu'Emile.

Ton oncle, J. Poisson.

Au berceau d'un enfant.

8 mars 1858.

Petit enfant qui dors,
Ah ! qu'heureux est ton sort!
Du ciel n'es-tu pas l'ange?
La céleste phalange
Admire ta beauté,
Connaît ta pureté;
Quelle divine flamme
Sanctifie ton âme :
Ce qu'elle voit en soi
Elle retrouve en toi.
Jeune ange de la terre,
Qu'aucun trouble n'altère,
Ta place est dans les cieux;
Quitte ces tristes lieux
Où la belle innocence,
Aux jours d'effervescence
D'un cœur faible et léger,
Court un si grand danger.

Ange, quitte la terre ;
Vole vers Dieu, ton père,
Pour le bénir sans fin,
Avec le Séraphin.
Heureux, venant de naître,
Heureux de disparaître :
Evitant la douleur,
Tu t'en vas au bonheur !

Pourquoi je versifie.

8 mars 1858.

Non, ce n'est pas un travers,
Lorsque mon âme attendrie
S'en va chercher dans les vers
Une douce rêverie,
Par un délicieux pleur
Ranime sa confiance,
Et revit à l'espérance,
Croyant encore au bonheur;
C'est charmer ma solitude,
En chasser tous les ennuis,
Avec moins d'inquiétude
Passer les jours et les nuits.
D'un pareil délassement
Ne me faites pas un crime (1);
Ce n'est qu'un amusement :
Ainsi, supportez ma rime.

(1) Une personne, malavisée, avait trouvé presque mauvais de ce
que je m'occupais à versifier. Je n'avais qu'une réponse à faire, que la
poésie distrait des tristes soins de l'existence ; que, de plus, elle empê-
pêche l'ennui, élève la pensée jusqu'aux attrayantes régions de l'idéal.

L'O salutaris hostia.

Impromptu
composé à St-Jacques du Haut-Pas pendant la grand'messe,
21 mars 1858.

Jésus, salutaire hostie,
Qui venez ouvrir les cieux,
La lutte est notre partie :
Manne, pain délicieux,
A vous nous avons recours,
Donnez-nous force et secours.

———

Sur un chien hargneux, vilain, idolâtré par une vieille dame.

7 avril 1858.

Ne touchez pas au chien de la maison ;
Ni plus ni moins, vous brouilleriez les cartes,
Ce qui serait agir contre raison :
Jamais, je crois, n'eût mieux parlé Descartes.
Flattez, choyez l'important animal;
Examinez son plus léger caprice.
Il grogne, il mord : après tout, quel grand mal?
Dire autrement, vous seriez bien novice.
A haute voix criez qu'il est charmant,
Gentil, mignon, de tout point admirable,
Fût-il galeux, vilain, sale et puant;
Que jamais fut bête aussi délectable;
Que jamais poil fut plus beau, plus soyeux.
L'intelligence est certes son partage ;
L'esprit pétille et déborde en ses yeux :
Malavisé serait autre langage.
Attaquer chat, ou chien, ou perroquet,
Le seul amour connu de la vieillesse,
Ignorez-vous que c'est méchant caquet?
Gens bien appris ont plus de gentillesse;

Pour eux un chien est un point important ;
De la demeure ami le plus fidèle,
Le seul qu'on voit et sincère et constant ;
Du dévoûment il est le vrai modèle,
Même seigneur en certaine maison.
Vous devinez, chose peu difficile,
De qui je parle... Oh ! quelle déraison !
Riez tout bas ; car on n'est pas facile.
Si, moi, je ris, je sais qu'à son caquet,
Dès qu'on est sage, on met une limite ;
Que chien galeux il faut trouver coquet :
L'homme prudent parle ainsi, je l'imite.
Oui, l'animal est gentil, bien léché ;
Le veut ainsi du logis la maîtresse.
De l'avouer êtes-vous empêché ?
Moins de scrupule en pareille détresse ;
Contre fortune il faut faire bon cœur,
Montrer esprit, adresse, audace et tête,
Pour autre temps garder un air moqueur,
Et détourner l'orage qui s'apprête.
Quand l'animal, surchargé d'embonpoint,
Aura crevé, selon terme vulgaire,
Pour vous, pour moi, sera tout autre point ;
Nous y verrons bonne, excellente affaire :
Lors nous dirons : « Paix soit au trépassé,
Terre légère, en tant qu'on l'y dépose. »
Puis nous rirons, rirons du mal passé :
Sur chien hargneux ainsi finit la glose.

Le Temps.

A Georges Carra de Vaux (1).
22 avril 1858, veille de S. Georges,

Le Temps d'un vol rapide
Emporte, détruit tout,
Ravageur intrépide,
Ne laisse rien debout.
La fleur à peine éclose
Sent bientôt sa rigueur ;
Il effeuille la rose,
Ote au lis sa fraîcheur.
Il touche et décolore
Le teint de la beauté :
En vain elle déplore
Pareille cruauté.
A la voix de la belle
Il est sourd et altier ;
Il crie à la rebelle
Qu'il ne fait pas quartier.

(1) Aujourd'hui consul à Mogador ; d'abord élève consul à Beyrouth, ensuite à Alexandrie. On lui a fait tenir après l'intérim des consulats de la Canée et de Trébizonde.

Lisez sur son visage,
Aussi laid qu'il fut beau,
Le plus affreux ravage
Et du Temps le fléau.
Apprenez, femmes vaines,
Pour éviter les pleurs,
Combien sont incertaines
De la beauté les fleurs.
Il emporte de même
Le berger et le roi,
Comme un maître suprême
Les range sous sa loi.
Bientôt l'aimable enfance,
Age de la candeur,
Age de l'espérance,
N'est plus, ni son ardeur.
La puberté succède,
Age de l'incompris,
Où la volonté cède
Aux sens, le cœur surpris.
On désire, on ignore
Ce qui se fait sentir;
On consent, on déplore:
On est diable ou martyr.
Ah! les ardeurs premières
De nos sens agités
Sont de tristes lumières,
De funestes clartés.
Le Temps, le Temps éclaire,
Amène les désirs,

Et, jamais sédentaire,
Il nous use aux plaisirs.
Si la jeunesse est belle,
Des grâces et des ris
Du Temps la faux cruelle
Fait vite des débris.
L'âge viril arrive,
Disparaît la gaîté :
On voit déjà la rive
De son éternité.
On touche à la vieillesse
A peine on a vécu :
Le Temps, en sa vitesse,
Peut dire : J'ai vaincu.
Notre âme est sa sujette ;
Nos organes usés,
La pensée est moins nette,
Ses beaux jours sont passés.
Ainsi cette immortelle
A beau survivre à tout,
Le Temps pèse sur elle
Et il en vient à bout.
Contre nous il se dresse,
Il détruit l'amitié,
Cette si douce ivresse
Pour deux cœurs de moitié.
L'amitié qu'on se jure,
Il la fait oublier :
Ah ! trop sanglante injure,
Pénible à publier.

Cependant qu'est la vie
Sans aimer, être aimé?
Plus rien digne d'envie,
Sous son poids opprimé.
Tout finit, tout échappe,
La grandeur, le pouvoir,
Vain éclat qui nous frappe,
Qu'on préfère au devoir.

Vous commencez la vie,
C'est affaire de temps ;
Elle est vite ravie,
Il faut peu de printemps.
Pour moi, de mes années
Je compte les hivers :
Ce sont les destinées
Du sage et du pervers.
Vanité, je m'écrie,
Tout n'est que vanité,
Néant, supercherie ;
Tout est rapidité.
Le Temps, dans sa fuite,
Est un puissant docteur.
Entends, il dit : « Evite
Le plaisir séducteur.
Le plaisir, il t'enivre :
En es-tu plus heureux ?
Il est à qui s'y livre
Trompeur et douloureux.
Qui songe sur la terre
A la félicité

En vain se flatte, espère;
Rien n'est stabilité. »
Le Temps et la Fortune
Ne sont pas plus constants;
D'une joie opportune
Ils comptent les instants;
Pressés et trop avares,
Abrégent du bonheur
Les moments courts et rares,
Et non ceux du malheur.
Mais crains peu la souffrance;
Le Temps, sans s'arrêter,
Donnant la délivrance,
Ailleurs va la porter.
Sujets de ce dur maître,
Tu le vois, nous naissons
Presque pour disparaitre,
Et à toutes saisons.

GEORGES,

A votre sourire malin,
A votre frais et beau visage,
A votre regard vif et fin,
A ce poil follet du jeune âge,
On dirait qu'à vous embellir
Le ravageur impitoyable
S'applique, loin de vous vieillir :
De lui procédé peu croyable.
Mais pour un aimable garçon
Le Temps peut faire des prodiges,
Traiter avec plus de façon

Un frais minois, et sans litiges;
Car qui trouve malavisé
S'il a respect de la jeunesse?
Assez tôt il est empressé
De faire arriver la vieillesse.

Je me sens jeune auprès de vous,
Oubliant du Temps le ravage;
Veuillez rester jeune pour nous,
Nous ne craindrons plus le vieil âge.
Soyez notre éternel printemps;
Par là vous nous ferez revivre,
Comme après l'hiver le beau temps,
Où lors chaque fleur nous enivre.

Tout jeune homme, que j'ai vu naître,
Combien je me sentis heureux
Lorsque je vous vis apparaître,
Espoir pour les jours douloureux (1).
J'aime de ce jour la mémoire;
J'avais un jeune ami de plus :
Bien précieux, veuillez m'en croire;
Le dire sont soins superflus.

(1) Ceux de la vieillesse.

Sur ce qu'on m'avait dit que je voyais les hommes
trop en laid.

29 juillet 1858.

D'un trait j'ai peint l'humaine engeance :
Le portrait est-il trop chargé?
Mais, de grâce, ayez l'obligeance
De dire si l'homme est changé.
Trompeur, égoïste et superbe,
Il est ce qu'il était hier;
Menteur, rusé, d'humeur acerbe,
Rampant, ou dédaigneux et fier,
Il songe au mal, il l'exécute.
Il ne recule devant rien,
Très-content dès qu'il persécute
Le vertueux qui fait le bien.
Il aime, il honore le vice;
Hardi, pervers en son vouloir,
Son âme, pleine de malice,
Se plaît à le faire valoir.
Montrez-moi si tel n'est pas l'homme :
Certaine est cette vérité;
Voyez de Pékin jusqu'à Rome,
Le portrait est bien mérité.

————

4

Sur l'amour de la flatterie chez les hommes,

au sujet de la fable de *Maître Corbeau*.
26 août 1858.

Qu'il est beau,
Maître Corbeau !
Mais qu'il est candide
D'avoir accepté,
Comme vérité
Le dire perfide
D'un rusé flatteur,
Très-adroit menteur,
Qui sait vivre
Aux dépens
Des gens
Qu'il enivre
Effrontément
De louanges
Assurément
Fort étranges,
Mais réalité
Pour la vanité !

Faire usage
De la leçon,

Etre sage,
Je le dis sans façon,
N'est pas sérieux
Pour le glorieux.

Confus de l'aventure
Corbeau, dans sa déconfiture,
Jura, quoiqu'un peu tard,
Que fin renard
Serait habile
Si désormais,
Par adroit mobile,
Le trompait jamais,

Le jurer, c'est possible ;
Le tenir, peu plausible.
De l'homme l'esprit hautain
De ceci me rend certain.
Il aime la flatterie,
Qu'importe la tromperie ?
N'est-il pas joyeux,
Lorsqu'un mensonge
Revêt d'un songe
L'éclat radieux !

Prose *Ad Jesum accurrite.*

30 août 1858.

Accourez à Jésus,
Lui rendre vos hommages,
Que vos cœurs soient reçus
Avec celui des mages.
  Tandis qu'à l'extérieur
Nous l'annonce l'étoile,
On sent à l'intérieur
La foi qui le dévoile.
  Apportez vos présents,
D'une volonté libre ;
De même offrez l'encens,
Et qu'en vous l'amour vibre.
  Ils seront acceptés,
Tenant lieu de victime ;
Ils montrent les beautés
Du sentiment intime.
  L'or de la charité
Est le touchant symbole ;
Au Dieu de vérité
Présentez cette obole.
  Le désir est l'encens ;
L'austérité, la myrrhe ;

Pur et mystique sens
Qu'on goûte, qu'on admire.
L'or annonce le roi,
L'encens marque Dieu même.
Rangeons-nous sous sa loi,
C'est le Seigneur suprême.
De notre humanité
La myrrhe est bien le signe;
Faiblesse, inanité,
C'est ce qu'elle désigne.
Reconnaissons le Dieu
En cet Enfant aimable,
Bien qu'en si pauvre lieu.
Allons vers son étable.
Nous sommes appelés :
Israël, pas d'envie.
Ces secrets révélés
Nous procurent la vie.
Les mages, ô bergers,
Sont du troupeau fidèle,
Et non des étrangers;
Bethléem les appelle.
Le Christ a convoqué
Tout le monde en ce lieu,
Afin d'être invoqué
Comme le Fils de Dieu.
Aujourd'hui Bethléem
Devient l'Eglise entière :
La ville de Salem
N'a plus droit d'être altière.

4.

Or, que dans notre cœur
Le Christ commande et règne.
Comme un puissant vainqueur,
Qu'on l'aime et qu'on le craigne.
Enfant de Bethléem,
Recevez mes hommages ;
Je dois quitter Salem,
A l'exemple des mages.

Vers mis comme épigraphe

en donnant mon ouvrage *Explication des Evangiles* à
Edmond Deschamps, de Lisieux, étudiant en droit (1).
5 décembre 1858.

Le jeune homme a l'agrément ;
L'homme fait, l'expérience :
Elle est toute une science ;
L'autre n'est qu'un beau moment :
Edmond, la leçon est divine,
Il nous faut une âme enfantine.

(1) Aujourd'hui procureur de la République à Bayeux, après
avoir été avocat et juge suppléant à Lisieux, ensuite juge à Avranches
et procureur à Domfront.

Vingt ans.

Lu au Cercle catholique de la rue Cassette, à Paris
hommage aux jeunes gens de ce Cercle.
19 décembre 1858.

—Vingt ans, c'est l'âge d'or, nul souci, nul tourment;
Des rêves les plus beaux c'est bien le vrai moment;
La douce illusion vous présente ses charmes;
On l'écoute, on la croit, contre elle on n'a pas d'armes :
Loin la froide raison, l'avenir est si beau ;
On a santé, jeunesse, et belle et fraîche peau;
L'esprit vif, le cœur tendre, et l'âme tout en joie :
Qu'importe que du vice on suive un peu la voie ?
Ainsi raisonne-t-on aux premières ardeurs,
Alors qu'on voit en soi de l'âge les splendeurs.
La sagesse à demain; aujourd'hui, plein d'ivresse,
Du plaisir épuisons la coupe enchanteresse.
Pour nous les joyeux ris et la folle gaîté;
Au morose vieillard laissons l'austérité,
La triste gronderie et son humeur maussade;
Franchissons du devoir l'affreuse palissade,
Très-bonne pour l'enfant, qui ne sent rien en lui,
Mais impossible alors que la jeunesse a lui.
Quoi ! l'on voudrait nous mettre à si rudes étreintes,
Lorsque des passions nous sentons les empreintes?

Qu'on laisse notre cœur à son libre penser;
Il ne veut point de loi qui pourrait l'offenser.
Pour nous la liberté, sa belle indépendance;
Avec elle la joie arrive en abondance.
Son aimable franchise a de si doux attraits,
Qu'elle est fille du ciel par chacun de ses traits.
Ah! ne sentez-vous pas sa douce et chaude haleine?
Le sang manquerait-il en votre froide veine?
Au cœur, à l'âme, à tout elle donne chaleur;
Sans elle tout languit, tout est fade et pâleur.
Vingt ans! la liberté! deux mots qui vont ensemble.
La main sur votre cœur, dites, que vous en semble?
    Ainsi parlait Léo, jeune homme au poil naissant,
Des austères leçons très-peu reconnaissant.
    — Vingt ans, c'est, dites-vous, l'heure des voluptés,
L'heure de se livrer à toutes libertés.
Folie est de gêner l'élan de la nature :
Tout nous dit d'éviter une telle torture.
A quoi donc sert la fleur, le printemps et l'azur,
Sinon pour en jouir? Jouir est le plus sûr;
Bientôt arrivera l'insipide vieillesse,
Avec son impuissance et toute sa tristesse.
Elle a des maux sans nombre, et des ennuis plus grands.
Au banquet de la joie, allons! pressons les rangs.
Parfumons notre tête, et mettons-y des roses;
De la vie effeuillons les fleurs à peine écloses.
Enivrons-nous de vin et de bruyants plaisirs.
D'une oreille attentive écoutons les désirs :
Ils disent en secret des choses fort jolies;
Que du cœur de vingt ans sont belles les folies!

— En êtes-vous bien sûr? En un certain grimoire
N'auriez-vous pas trouvé cette fatale histoire?
Grimoire assez trompeur, que nous nommons les sens,
Où le jeune homme prend la vie à contre-sens.
   J'en conviens avec vous, il est très-agréable
De sentir sa jeunesse à l'ombre d'un érable,
Mollement étendu sur un tendre gazon,
Près de limpides eaux fuyant avec doux son ;
D'écouter Philomèle alors qu'elle est plaintive,
Qui, chantant ses amours, prend nos sens, les captive.
Mais arrive la lutte, à tout âge danger,
A vingt ans encor plus ; or comment l'engager ?
Qui s'expose à la lutte a cherché la défaite ;
La vertu n'y tient pas, même la plus parfaite.
La chute vient toujours de la témérité ;
La victoire appartient à la timidité.
Ici timide et sage est en tout synonyme
Et n'empêche jamais qu'à la lutte on s'anime.
Généreux et vaillant, craindrait-on le combat ?
L'ennemi se présente, il attaque, on le bat.
Vaincre en pareille lutte, est-il plus grande gloire,
Puisque si difficile est semblable victoire?
Ah ! l'on n'a pas compté sur ses forces, sur soi,
Mais sur l'aide puissant qu'on appelle la foi.
J'en conviens, il est doux, écoutant la nature,
Mise en trouble, en émoi par certaine lecture,
De se laisser aller aux rêves de son cœur.
Aimable illusion, du vouloir le vainqueur,
Vous parez le plaisir, il est plein de délice.
Pourquoi de la vertu supporter le supplice ?

Les rêves de vingt ans, toujours délicieux,
Croyez-moi, sont menteurs, cruels, fallacieux ;
Ils montrent le bonheur, et donnent la souffrance ;
Compter sur leur parole est bien vaine espérance.
— Quelle austère leçon ! Léo crie éperdu.
Le plaisir au jeune âge est-il donc défendu ?
A vingt ans on comprend du cœur les harmonies :
Homme froid, fatigué, peut-être tu les nies.
On cherche qui vous aime et qui l'on aimera ;
Après, importe peu si l'on vous blâmera.
— Funeste entraînement, en vain la conscience,
Dès qu'on a mis la main au fruit de la science.
Ce fruit apprend le mal ; on s'y livre indiscret ;
Mais bien cher est payé le mouvement secret
Qu'on ne dit à personne et qu'on cache en son âme,
Détruisant la pudeur par trop coupable flamme.
On suit des passions le funeste courant.
A leur suite voyez les remords accourant.
Il se taisent bientôt dans une affreuse orgie :
Car qui saurait narrer des plaisirs la magie ?
Léo, jeune insensé, vous courez au malheur ;
Sur les pas des plaisirs jamais n'est le bonheur.
Ils enivrent les sens ; mais l'ivresse passée,
Quel trouble et quel ennui pour cette âme blasée !
On sent le vide en soi, la douleur et le mal,
Dès que sans nulle honte on s'est fait animal.
Oubliant tout devoir, on affronte tout blâme ;
D'un vouloir criminel on entretient la flamme ;
Au banquet des plaisirs follement attablé,
On brave le remords dont on est accablé.

Plein de sa passion, l'on aime sa misère ;
On a soif du plaisir, et le plaisir altère ;
Fièvre brûlante, active, il use la vigueur,
Use l'intelligence et la beauté du cœur.
Les rêves de vingt ans, illusion perfide,
Se dissipent bientôt, laissant notre âme vide :
Pourtant ils promettaient joie et félicité,
Un cœur toujours heureux et la prospérité.
Ah ! d'un cœur de vingt ans l'ardeur est redoutable,
Et sa fougue parfois paraît être indomptable.
Comme un jeune coursier ayant brisé son frein,
Vif, fier, impétueux, la fureur dans le sein,
Il méprise l'avis, il brave la critique ;
Il ne veut plus du joug de la croyance antique ;
Il s'irrite, il s'emporte, elle règle les mœurs ;
Importune et sévère, elle froisse les cœurs.
Energique, il l'a dit, il veut la liberté :
Son sang bouillonne ; allons ! que tout frein soit ôté.
Ainsi parlent vingt ans et la jeunesse ardente,
S'occupant peu du terme en sa fougue imprudente.
Mais, déplaisant censeur, arrêtons-nous ici ;
J'entends plus d'une voix crier très-haut « Merci ! »
Fidèle en mon pinceau, l'on dit que j'exagère :
Ce sombre ne va pas à belle humeur légère.
— Dans un cœur de vingt ans, ne vous y trompez pas,
Sont de nobles ardeurs, point de sentiments bas.
— Je le sais, je le sais, et de plus je l'admire.
Dans un cœur de vingt ans l'humanité se mire ;
Elle ne voit que là les élans généreux,
Point de honteux calculs, et point d'actes peureux :

Un louable dédain bat dans cette poitrine
Soulevée au penser d'une lâche doctrine.
En ces yeux étincelle un feu noble et divin,
Allumé par Dieu même, et non par le destin.
Du céleste courroux interprète fidèle,
Ils foudroient d'un regard le traître, l'infidèle.
A vingt ans l'on n'admet que le seul dévoûment,
De la tendre amitié le premier élément.
Là les grandes vertus, ailleurs sont les grands vices.
Les vertus de vingt ans sont de beaux sacrifices,
Admirable victoire après un fier combat ;
Puissant en son vouloir, rien, rien ne vous abat.
Parle la passion, sera-t-elle écoutée ?
Sa voix est entraînante, en doux sons répétée.
Quelle lutte au dedans ! quels sublimes efforts !
Les instincts vicieux seront-ils les plus forts ?
Enfin restera-t-il une heureuse victoire ?
De ces luttes du cœur qui peut faire l'histoire ?
Ardentes passions, désirs tumultueux,
Soupirs chastes et purs, sentiments vertueux ,
Effroyable combat, mêlée universelle,
La défaite, la honte, ou la gloire immortelle.
　　Par la lutte et l'ardeur plus belle est la vertu.
Voyez ce jeune front de grâce revêtu ;
Il est digne, il est beau, paré de l'innocence :
Point cet œil éhonté, produit de la licence ;
Au contraire un regard pur, aimable, enchanteur,
Qui ravit, vous attire, est vraiment séducteur ;
Pénétrant jusqu'à l'âme, il la prend, la remue ;
De douce sympathie il la tient tout émue.

En ce regard divin éclate un chaste feu,
Libre, comme autrefois était le franc-alleu,
Libre de passions vilaines et honteuses,
Animé, tout brillant de passions heureuses.
O regard du jeune homme, en votre sainte ardeur,
Jamais vous n'offensez, vous avez la candeur.
Vous plaisez, on vous aime : point de plus bel hommage !
Oui, de l'ange et du ciel vous nous donnez l'image.
Gardez votre regard, en gardant la vertu ;
Qu'ainsi vous demeuriez de charme revêtu :
Souvenir de l'Eden, où l'homme sans souillure
Présentait à son Dieu la beauté la plus pure.
Dieu se félicitait en sa création ;
Immuable, il sentait en lui l'émotion :
Aussi déposa-t-il sur le front du jeune homme
Ce rayon de beauté livré pour une pomme,
Livré vilainement au rusé tentateur,
Dignement racheté par le doux Rédempteur.
  Jeunes gens, soyez fiers de ce rayon céleste.
Non, ne le livrez pas, par un désir funeste,
A l'esprit tentateur : avec sa belle voix,
Il apprend à braver la pudeur et ses lois.
Il fait perdre la paix, détruisant l'innocence
En allumant les feux de la concupiscence.
Athlètes généreux, vous savez vaincre en vous
Les viles passions qui souillent tant de nous.
La semence du ciel, tombée en bonne terre,
Fructifie au centuple, et rien, rien ne l'altère.
Le bien est votre lot ; partage glorieux,
Il nous prépare en vous des hommes sérieux.

5

Vous montrez maintenant le beau de la jeunesse,
Vous montrerez un jour le beau de la vieillesse;
C'est d'avoir traversé les périls du jeune âge,
Ceux de l'âge viril, sans avoir fait naufrage.
Toujours dignes et forts, braves et résolus,
Du prochain avenir vous êtes les élus :
La société peut en vous mettre sa force,
Sans hésitation juger l'arbre à l'écorce.
Il promet de beaux fruits, car belles sont les fleurs;
Elles ont en leur sein l'espoir de jours meilleurs.

Dans le jardin du Luxembourg.

Samedi 9 juin 1860.

Déjà s'effeuille la rose,
De même passent nos jours.
On la voit, à peine éclose,
Disparaître pour toujours :
Ainsi de notre existence
Les éphémères instants,
Sans aucune différence,
Ne sont pas plus persistants.
Vivre n'est rien autre chose
Que de naître et de mourir.
C'est là ce que fait la rose,
Être et aussitôt périr.
A peine la fleur de l'âge
Nous a montré sa splendeur,
Que, sans tarder davantage,
Dépérit notre vigueur.
Nous courons de la jeunesse,
Qui nous avait tant charmés,
Nous courons vers la vieillesse,
De tout espoir désarmés.

Quand au sein l'espoir repose,
On nourrit l'illusion ;
On peut sourire à la rose,
Belle et douce fiction :
On croit à la jouissance,
Au bonheur et au succès ;
Soutenu par l'espérance,
Facile en paraît l'accès.
Mais la rose qui s'effeuille
Dit à l'homme que la mort,
Qu'il s'y refuse ou le veuille,
Est son partage et son sort.

Epigramme.

24 décembre 1862.

De gros sel dans ses facéties,
Un grand homme Emile (1) s'est cru ;
Bien qu'il sache monter des scies,
Ce farceur n'est qu'un malotru.

(1) A ***, à l'occasion de.....

A Raoul Chassain,

étudiant en droit (1),
en lui envoyant ma *Cigarette* et mon *Ave maris stella.*
22 avril 1863.

La musique et la poésie
Au ciel et sur terre sont sœurs;
De leur accord l'âme est saisie;
Elles ravissent tous les cœurs.
Raoul, sous votre habile main
Elles offrent de nouveaux charmes,
Elles n'ont point de lendemain;
Du temps elles bravent les armes;
Impitoyable destructeur,
Il reconnaît votre puissance,
Et sous votre doigt enchanteur
Il est sans nulle déplaisance.
On écoute vos doux accords :
Ils sont autant de mélodies
Qui du cœur meuvent les ressorts,
Et vos touches sont applaudies (2).

(1) Aujourd'hui avocat à Roanne, sa ville natale.
(2) Ce jeune homme était très-fort sur le piano; il eut souvent de chaleureux et sympathiques applaudissements au Cercle des étudiants de la
rue Cassette, dont il était membre. Il unissait à beaucoup de savoir et
d'intelligence une grande modestie et une tenue très-digne.

Allusion à un certain discours

24 avril 1863.

Messieurs, liberté, liberté,
Un jour cria l'absolutisme
Avec grande solennité,
Pour mieux cacher son despotisme.
Or les satisfaits d'admirer :
— Vrai, que manque-t-il à la chose ?
Il n'est plus rien à désirer :
Plus d'importuns, bouche soit close
— Il manque la réalité.
A votre avis, gens débonnaires,
De s'en plaindre est témérité :
Aux satisfaits mots ordinaires.
Mais la ruse, nous la savons,
Et, de plus, toute votre histoire :
En peu de mots nous vous prouvons
Que nous avons bonne mémoire.
Elevez la voix, insulteurs ;
Plats valets de tous les régimes,
Du juste lâches déserteurs,
Qu'importent vos cris unanimes ?

Sans pudeur, sans honte, on le sait,
Vous chantez la palinodie
Devant qui vous avilissait ;
Vous condamnez l'âme hardie
Qui soutient et défend les droits,
Ne voulant pas courber la tête,
Maudissant tous ces vils adroits,
L'âme à la servitude prête,
Dignes du joug et du mépris,
Sans fierté, sans cœur, sans noblesse,
Des places, des rubans épris,
S'applaudissant de leur mollesse.

 Honni le pouvoir détesté,
Qui, joignant la ruse à l'audace,
Se fait jeu de la liberté !
En périsse à jamais la trace!

A ma jeunesse.

Romance, mise en musique.
A Raymond Toinet, de Tulle (1),
et à Raoul Chassain, de Roanne, étudiants en droit,
8 mai 1863.

I

Séduisant éclat du bel âge,
De tant de charmes revêtu,
Toi des ans le plus doux partage,
O ma jeunesse, où t'en vas-tu?
Arrête le flot qui t'entraîne,
Du temps brave et suspends le cours;
A ma nacelle je t'enchaîne,
Sois-moi fidèle en mon parcours.

II

Fleur toujours fraîche, toujours belle,
Pourquoi ne durer qu'un matin?
Au temps, aux rides sois rebelle,
Échappe à leur cruel destin.

(1) Aujourd'hui substitut du Procureur général de la Cour de Riom. D'abord avocat à Tulle, ensuite substitut, à Ussel, à Guéret et à Toulon. Jeune homme, il était d'un caractère doux et affectueux.

Arrête le flot qui t'entraîne,
Du temps brave et suspends le cours;
A ma nacelle je t'enchaîne,
Sois-moi fidèle en mon parcours.

III

Cesse et s'éteint la douce aurore;
Le tendre oiseau naît et périt;
Le gazon sèche et se déflore;
La rose éclôt et se flétrit;
Quoi! tu voudrais que je commande
Au temps qui marche et suit son cours;
Que je l'arrête et le gourmande?
Contre lui n'est aucun recours.

IV

Sois éternelle, ô ma jeunesse,
Ne cesse d'embellir mes traits;
Tandis que l'on fuit la vieillesse,
Chacun s'attache à tes attraits.
Arrête le flot qui t'entraîne,
Du temps brave et suspends le cours;
A ma nacelle je t'enchaîne,
Sois-moi fidèle en mon parcours.

V

Je fais vœu de t'aimer sans cesse;
Ecoute, écoute mon désir.
Fuis, échappe au temps qui te presse:
Il n'est sans toi point de plaisir.

5.

Arrête le flot qui t'entraîne,
Du temps brave et suspends le cours ;
A ma nacelle je t'enchaîne,
Sois-moi fidèle en mon parcours.

VI

Hélas ! exaucer ta prière
Je le voudrais, mais ne le puis.
Le temps de sa faux meurtrière
Me presse, sous son joug je suis.
Triste et cruelle destinée,
Et fleuve et jeunesse ont leur cours.
A peine ai-je une matinée :
Contre ceci point de recours.

Epigramme.

18 mai 1863.

En ce régime vanté,
Modèle de liberté,
On a le droit de se taire
Et celui de ne rien faire.

Ulva

(Olova en gaélique).
(Le récit est exact)
A Léon Dehon, étudiant en droit (1).
19 novembre 1863.

Vous souvient-il de la plage lointaine
Où le destin fut dur à notre égard,
Capricieux en sa marche incertaine?
Vous souvient-il, jeune homme au doux regard,
Vous pour qui Dieu n'épargna nulle chose
(A pleines mains les biens vous sont donnés,
Vous jouissez; tout pour vous est de rose),
Vous souvient-il de ces jours fortunés
Où, confiant notre vie à la vague
Sous le ciel gris qu'Ossian a chanté,
Contents, heureux, nous rêvions dans le vague,
Nous possédions la douce liberté?

(1) Ce jeune homme avait alors dix-neuf ans; d'un caractère doux, aimable, affectueux, cependant réservé. Il avait une grande aptitude pour les langues, et, du reste, pour toutes choses: il savait parfaitement l'anglais et le parlait de même. Il n'avait plus que sa thèse de licencié en droit à soutenir. A vingt et un ans, il fut docteur, et plus tard docteur eu philosophie, en droit canon et en théologie, en plus un des sténographes du concile du Vatican. Il est aujourd'hui vicaire à Saint-Quentin et chanoine honoraire de Soissons.

Notre voyage eut lieu en mai et juin 1862. J'avais deux autres compagnons de voyage, Ernest Wateau et Léon Palustre. Ce dernier, savant archéologue et passionné pour les arts, auxquels il s'entend merveilleusement, est aujourd'hui, à la place de feu M. de Caumont, directeur de la Société archéologique de France. C'est un aussi grand travailleur qu'un grand voyageur.

La liberté, joie et force de l'âme,
Respectons-la, c'est un présent du ciel ;
Elle grandit, elle anime, elle enflamme ;
Elle est au cœur plus douce que le miel
Sur une mer qui nous était fatale,
Vous souvient-il de l'île d'Olova,
De sa tempête, effroyable rafale ?...
Quels flots affreux sa fureur souleva !
Le vent grondait en despote terrible ;
Il nous fallût déposer la fierté
Dans une hutte enfumée et horrible ;
Mais nous avions la douce liberté.

Notre pensée allait vers la patrie,
Où, fier, puissant, hardi dans son vouloir,
Un homme exige un culte de latrie :
Le servilisme à ses yeux est devoir ;
Hommes d'Etat et même hommes d'Eglise
Sont là tout prêts à fléchir le genou :
« Le maître veut, » ce mot est leur devise ;
Sous son vil pied ils plieraient le cou.
Nous gémissions de cette platitude ;
Nous maudissions ce pouvoir éhonté
Qui s'est donné si grande latitude
Et d'un seul trait biffa la liberté.

Défendons-la contre son despotisme ;
Ayons courage, énergie au combat,
Sans nul repos contre le servilisme :
Béni celui qui l'attaque et l'abat.
Au bruit du vent, des flots, de la tempête,
Il nous plaisait de deviser ainsi,

Point disposés à courber notre tête,
Non plus qu'à dire au despote : Merci.
Nous soutiendrons tous les droits populaires,
Fermes, constants dans notre volonté,
Ne cessant pas d'être parlementaires,
Fiers et heureux d'avoir la liberté.

Nous bénissions de la libre Angleterre
Les lois, les gens, qui respectent le droit,
Très-satisfaits d'avoir foulé sa terre,
Où le penser n'est jamais à l'étroit.
Chacun agit, va, vient sans nulle crainte,
Point de gendarme et de vil détracteur.
On n'y connaît ni gêne, ni contrainte ;
On parle, on rit, on blâme sans terreur :
Point de recors, de justice vendue,
De jugement d'avance décrété ;
Jamais la loi ne se voit suspendue
Par un pouvoir craignant la liberté.

Hélas ! j'ai vu, voyageant par le monde,
Autre pays libre en son action (1).
J'eusse admiré ; mais, ô douleur profonde !
Mon âme encore en sent l'émotion.....
La liberté dégénère en licence.
Les esprits forts s'y montrent très-nombreux,
La foi s'en va, tout tombe en décadence.
On se méprend, rien n'est plus désastreux :
Adorer Dieu, c'est une servitude ;
On ne veut plus de ce joug détesté.

(1) La Belgique. Je la parcourais en août 1863.

Mais soyez sûr, j'en ai la certitude,
Qu'un tel excès détruit la liberté.

Nous, évitons de nous laisser séduire ;
N'écoutons pas un vain et faux discours :
Le mal par lui ne peut que se produire
Et la licence avoir son libre cours.
Par la licence on arrive à la ruine,
Loin d'établir un bon gouvernement.
Le chaos naît de la fausse doctrine ;
Plus aucun frein, c'est le renversement.
L'indépendance alors devient affreuse :
Elle est désordre, abus illimité.
De plus en plus un abîme se creuse,
Où s'engloutit l'aimable liberté.

La liberté, c'est beau, c'est grand, c'est digne ;
Mais respectons la limite du bien ;
Avec ardeur du vrai suivons la ligne ;
De la vertu reconnaissons le lien.
La liberté ne fut jamais licence,
Source de maux et d'extrêmes douleurs ;
Ne craignons pas sa vive effervescence,
Jamais n'en sort le désordre, les pleurs.
Elle produit la paix, non la querelle.
Sans elle, hélas ! point de félicité.
Que de bonheur, que de joie avec elle !
Crions donc bien haut : Vive la liberté.

Vos dix-neuf ans, purs, beaux, remplis de charmes
Étaient aimés, ils dissipaient l'ennui ;
A la tempête enlevaient ses alarmes ;
En eux le cœur rencontrait son appui.

Vous dissipiez les tristesses de l'âme.
En vous était une charmante humeur,
Où la gaîté, comme une douce flamme,
Ranimait tout, et donnait au râmeur
Plus de courage avec force nouvelle
Sur cette mer dont le flot agité
Mouillait nos os de sa lame rebelle ,
Mais nous avions vous et la liberté.

   Dès qu'Iona nous apparut riante
A la clarté d'un ciel moins ténébreux,
Nous n'eûmes plus qu'une âme confiante
Dans les hasards les plus aventureux.
De Colomban, ce moine d'un autre âge (1),
Le souvenir nous vint suave et doux.
La liberté fut son noble partage;
Il affronta pour elle le courroux
D'un prince fier et de hautain caprice;
Il ne plia jamais sa volonté.
Homme de Dieu, fait pour le sacrifice,
Il défendit le droit, la liberté.

   Salut, ô terre où la liberté règne!...
O liberté, viens, viens nous animer.
Sur notre front que ton rayon s'imprègne,
Que nous sachions te défendre et t'aimer.
De Colomban suivant le bel exemple,
Montrons-nous forts contre la tyrannie.

(1) Moine du 6ᵉ siècle. Il s'éleva contre les désordres du gouvernement
du roi irlandais Dermot; pour se mettre à l'abri des persécutions de ce
prince, il se retira en Ecosse et fonda le célèbre monastère d'Iona, une
île des Hébrides, comme Ulva et Staffa. Il est honoré comme saint par
l'Eglise.

A l'oppresseur n'élevons pas un temple;
Que loin de nous la crainte soit bannie.
Quoi! l'on voudrait nous enchaîner sur terre,
Tandis qu'au ciel l'humaine volonté
Ne trouve rien qui la force et l'altère,
Servant, aimant en toute liberté!

Vous souvient-il, jeune homme à l'âme ardente,
De nos douleurs en abordant Staffa?
Sans écouter en rien ma voix prudente,
Votre vouloir au danger s'échauffa.
Vous écoutiez votre ardeur juvénile,
Aventuré sur le pavé glissant
Des noirs rochers (1) chefs-d'œuvre de cette île,
Pour l'œil surpris spectacle ravissant.
En votre course agile et téméraire,
Vous méprisiez l'Océan irrité;
Vous commandiez à ma voix de se taire,
Vous abusiez de votre liberté.

Mais de Fingal la grotte merveilleuse
S'offrit à vous avec ses mille arceaux
A la façon hardie et radieuse.
Vous admiriez ces voûtes en berceaux,
Œuvre de Dieu, qui de sa main puissante
Les éleva, comme il commande au flot,
Pare la fleur, Providence incessante,
Veille au petit, soutient le matelot.
Abaissons-nous sous sa main tutélaire,
Sans redouter sa sage autorité.

(1) De basalte.

De lui jamais à craindre l'arbitraire,
Il a créé pour nous la liberté.

 Je vois encor la vague mugissante
Avec colère essayer un assaut,
Mais se briser en onde blanchissante :
Elle imitait le bélier en son saut.
Les noirs rochers étaient inébranlables,
En vain les flots se montraient furieux,
Etaient grondeurs, violents, implacables,
Et mugissaient d'un ton impérieux.
Avec effroi j'admirais ce spectacle :
C'était pour moi ce pouvoir éhonté,
De tous les maux le hideux réceptacle,
Qui lutte en vain contre la liberté.

 Bientôt la nuit, développant son ombre
Sur une mer où rien ne reluisait,
Où les objets s'effaçaient dans le sombre,
Dans un obscur où tout disparaissait,
Bientôt la nuit d'un voile épais, lugubre
Vint entourer l'esquif et le rameur.
Un calme triste, une pluie insalubre
Nous enlevaient notre joyeuse humeur.
Nos gens lassés abandonnaient les rames :
Que dire et faire en cette extrémité,
Sans aucun vent pour soulever les lames?
Nous consoler par notre liberté.

 Nous la sentions battre en notre poitrine,
Avec le sang elle affluait au cœur.
Elle n'est pas une fausse doctrine,
Nous disions-nous d'un ton vif et moqueur.

Certains esprits à très-petites vues,
Gens ignorants avec tout leur savoir,
Vraiment naïfs en leurs sottes bévues,
Ont transformé l'absurde en un devoir;
Gens de parti, dans leur moyen oblique,
Suppriment droit, raison et vérité.
Très-indûment cette tourbe s'applique
A renverser la sage liberté.

Soient repoussés ces gens de l'ancien âge
Où dominer était l'unique droit.
Hommes nouveaux, nous voulons rendre hommage
Au libre arbitre, et dire à son endroit
Que de lui sort la libre conscience.
Si ce n'était, ce serait un vain mot,
Dont userait une fausse science
Pour endormir un public assez sot.
Un tel mépris d'un don vraiment céleste
Etonnera notre postérité.
Le despotisme est seul qui le déteste.
Oh! qu'il voudrait ruiner la liberté!

Eh bien! disons : Plus de peuples esclaves;
La liberté pour tous et en tous lieux;
Que nulle part il ne soit plus d'enclaves
Où règne en maître un despote odieux.
Que le contrôle arrive comme obstacle
A tout abus de la part du pouvoir.
De vrais débats ayons le beau spectacle.
Que sur la loi soit fondé le devoir.
Qu'elle régisse et chefs et subalternes,
Les pliant tous à son autorité.

Plus de discours pompeux, mais faux et ternes,
Pour étouffer la belle liberté,
   L'île d'Ulva, dans sa grande tristesse,
Nous a fourni par un libre penser
Un peu de joie, un vrai moment d'ivresse.
Nous n'avions pas de parole à peser ;
Dans l'abandon de la simple franchise,
Nous réformions et le prince et l'État.
Allant plus loin, nous redressions l'Eglise.
Réformateurs un peu sans résultat,
Nous bénissions la noble indépendance,
Qui, jetant bas toute servilité,
Heurte de front une injuste puissance,
Défend la loi, le droit, la liberté.

Réponse au pourquoi(1).

13 décembre 1863.

J'ai traversé la vie
Avec la liberté :
Suis-je digne d'envie ?
Voici la vérité :
Le sort me fut hostile ;
Je déplus au pouvoir,
Il me fit inutile.
J'admettais le devoir,
Mais non le despotisme.
Le pouvoir, ombrageux,
Voulait le servilisme ;
En homme courageux,
Je refusai la chose.
Grand scandale en haut lieu :
L'indépendance éclose.
Contre qui ? Contre Dieu ?
Non : contre l'arbitraire (2).
Appuyé sur mon droit,

(1) Ce pourquoi m'a été demandé bien des fois et par grand nombre
de personnes.
(2) Jeune, j'ai résisté à l'arbitraire ; vieux, j'y résisterais encore, si le
cas échéait. J'ai constamment eu en horreur le despotisme, par consé-

Rien ne put me distraire,
Au but je marchai droit.

Indépendant paisible
En mon modeste coin ;
Je trouve fort risible
Le monde vu de loin ;
Et prélats et ministres,
Tout pleins de vanité (1),
Et les pédants sinistres,
Bouffis d'inanité,
Amusants personnages,
Et comiques acteurs,

quent l'   raire. Les années et l'expérience me les ont rendus de plus
en pl   ux. J'ai toujours été vivement impressionné chaque fois que
j'ai lu ...s paroles du Sauveur se résumant en ceci : « Vous ne domine-
rez pas. » Il les prononça dans le moment le plus ému et le plus solen-
nel de sa vie terrestre, à sa dernière cène avec ses disciples (voir S. Luc,
XXII, v. 25 et s. v.). Il en fit un précepte. Il en avait donné l'exemple,
en disant : « Apprenez de moi que je suis doux et humble de cœur. »
(S. Math., II, v. 29 et 30.) L'arbitraire et le despotisme dans l'exercice du pouvoir ont donc été condamnés par Celui à qui seul appartient
l'autorité ; et c'est en ce sens que saint Paul a dit, avec l'exactitude de
l'inspiration divine, que tout pouvoir venait de Dieu. Nul, en effet, n'ap-
porte avec lui l'autorité en apparaissant sur la terre ; il la reçoit de la
constitution qui régit la société, soit sous la forme monarchique, soit sous
la forme républicaine. Il est incontestable qu'il ne peut exister aucune
société, civile, politique, religieuse, peu importe, sans avoir à sa tête
un pouvoir dirigeant. Voilà, du reste, comment le Christ, Dieu incarné
entend l'exercice de l'autorité : celui qui est le premier, c'est-à-dire à
la tête des autres, et en a le gouvernement, ne se considère que comme
ministre, et non pas comme maître (S. Luc au même endroit, et S. Math.
c. XX, v. 22 et suiv.) : car il n'y a que Dieu qui ait l'autorité en propre,
l'homme n'a qu'un pouvoir délégué et uniquement en vue du bien de la
société, soit civile, soit politique, soit religieuse.

Ma répulsion pour l'arbitraire est donc motivée.

(1) On ne saurait trop attaquer la vanité de certains hommes arrivés
au pouvoir ou aux dignités. Ils sont pour la plupart de petits esprits,
qui se croient de grands sires. Il est donc permis de hausser les épau-
les en les voyant. Je n'estime que le vrai mérite ; il est toujours modeste.

Dignes de persiflages,
De mon ris sont fauteurs.
Je ris et je m'amuse
Des travers d'ici-bas :
Fort à l'aise j'en use
De ma place d'en bas.
  Ainsi coule ma vie,
Rieur indépendant :
La tombe me convie,
J'en suis l'humble attendant.

.Sur un jeune homme

qui, à tout propos, cherchait à faire de l'esprit.
28 janvier 1864.

Armand est un gentil garçon,
Il traite l'esprit sans façon ;
Par un calembour trop commode,
Il met la bêtise à la mode.
Or a-t-il tort ? a-t-il raison ?
Il a de l'esprit à foison ;
Mais parfois ses turlupinades
Ne sont qu'autant d'arlequinades (1).

(1) Ce jeune homme n'est plus ; il est mort à Florence en novembre 1875. Il avait une imagination qui l'entraînait plus qu'elle ne le conduisait. Il cherchait à briller, et rêvait la gloire de la célébrité. Il était, d'ailleurs doué d'un cœur excellent. Il prit ma plaisanterie avec esprit, et fut le premier à en rire. Je le nomme, car il a emporté mes regrets, et il reste en mon souvenir. Malgré la fougue de son imagination, Armand Lagrolet avait une âme grande et élevée. Il fut couronné par l'Académie française pour son éloge de Vauban.

Une requête.

A Maurice Sabatier, de Narbonne, avocat stagiaire (1), pou
obtenir sa photographie.
24 février 1864.

Sur ce front paré de jeunesse
Se dessinent avec noblesse
De l'âme toutes les beautés.
Rayonnent d'aimables clartés
Sur ce visage sympathique.
Le cœur est pris, c'est authentique,
Par cet air ouvert, souriant ;
Il se livre, heureux, confiant.
Sous le charme, il aime, il admire.
Il trouve là son point de mire.
J'y surprends mille et mille attraits.
Je voudrais en avoir les traits.
   L'intelligence à chaque ligne
Se peint, se livre, se désigne.
On la saisit avec bonheur ;
On aime sa douce lueur,
Elle illumine chaque joue.
L'esprit sur la lèvre se joue,

---

(1) Aujourd'hui, avocat à la Cour de cassation et au Conseil d'État.
Son éloge de Rossi, lu à la conférence des avocats stagiaires de Paris,
est un travail des plus remarquables.

Vif, fin, enjoué, gracieux,
Malin, plaisant, délicieux.
On le goûte en son badinage
Et dans son sérieux langage.
Je vois là de charmants attraits.
Je voudrais en avoir les traits.

   Dans ce regard le feu pétille ;
L'éclair du génie y scintille,
Produit d'un concept vif, puissant.
A toute chose suffisant.
Là se dévoile la pensée :
Elle est grande, fine et sensée.
On y trouve le sentiment
Dans son plus parfait élément.
Il décèle une humeur gentille,
Où la douceur se montre et brille.
J'y saisis de pressants attraits.
Je voudrais en avoir les traits.

   Si les sens vont porter à l'âme
Leurs sensations et leur flamme,
L'âme à son tour envoie aux sens
Ses émotions en tout sens.
Elle est dans les traits du visage
Heureux ou malheureux présage
De ce qui se passe au dedans :
Aimable est celui de céans.
On y sourit avec ivresse,
D'un cœur aimant c'est la tendresse.
J'y trouve les plus doux attraits.
Je voudrais en avoir les traits.

Comme en toute âme bien régie,
J'y vois le calme et l'énergie,
Cette admirable fermeté,
Due au goût de la liberté,
Et non cette molle souplesse
Qui n'est au fond que la faiblesse ;
Du cœur, pour agir et aimer :
Ne cesse pas de l'exprimer,
Un physique ferme, amiable
Et d'expression agréable.
Oh ! que j'en goûte les attraits !
Je voudrais en avoir les traits.
J'attends un décret favorable. (1)

(1) Malgré ce que la poésie permet parfois d'idéal, je n'ai rien dit ici qui
ne fût réel. Maurice Sabatier a une très-belle intelligence, esprit fin,
solide, aimable et sympathique, railleur avec agrément. Sa physionomie
ouverte, intelligente annonce parfaitement ce qu'il est comme caractère et comme concept.

L'enfant.

A Gustave d'Orgeval du Bouchet, avocat (1).
23 octobre 1864.

Cette gentille figure,
Cet air candide, ingénu
Laissent voir une âme pure,
Un cœur où tout est à nu.
Avec bonheur on s'incline
Vers ce front, pour déposer,
Sans tendresse libertine,
Un délicieux baiser.
On y goûte l'innocence,
On se sent plus vertueux :
C'est une aimable décence,
Où rien n'est voluptueux.
L'enfant communique à l'âme
Le calme pur de son cœur;
Et, pudique dans sa flamme,
Des sens on se voit vainqueur.
C'est la fleur à peine éclose,
Image de la pudeur;
C'est la jonquille ou la rose
Exhalant sa douce odeur.

(1) Il est maintenant procureur à Nantua. Jeune homme, son imagination était des plus ardentes, mais contenue par le sentiment religieux,
très-prononcé chez lui. Il m'avait prié de lui faire des vers sur l'enfant :
il était nouvellement père d'un garçon.

De l'Eden l'enfant rappelle
La chaste félicité,
Que détruit l'homme rebelle
Par l'impure volupté.
Sa confiance naïve
Fait sa grâce et son bonheur ;
Jamais sur la défensive,
Il ne connaît que l'honneur.
Sa parole est la franchise,
Ses traits, la sincérité :
Repose en son âme exquise
L'agréable vérité.
Si dans vos bras il s'élance,
A ses yeux c'est doux métier ;
Non, jamais il ne balance
A se donner tout entier.
Sa pétulance joyeuse
Possède mille agréments ;
De notre âme soucieuse
Elle apaise les tourments.
Près de l'enfant on oublie
Noirceur, chagrin, trahison ;
Sa gaîté, je le publie,
Nous émeut comme un doux son.
 De la candeur enfantine
Le Christ même fut épris ;
Humble exemple qu'il destine
A l'orgueil de nos esprits.
Dans le chemin de la vie
Il voudrait nous voir enfants :
C'est ainsi qu'il nous convie

Au banquet des triomphants.
Etre enfants est difficile,
Disons-le sans fiction :
Notre nature indocile
Ne sait que la passion.
Hommes par l'intelligence,
Nous le sommes par le cœur ;
Dans notre extrême indigence,
Besoin nous est du Sauveur.
Sa parole est douce et belle ;
Sa grâce fait tout-puissant ;
Il est possible avec elle
D'être par l'âme un enfant ;
D'avoir ce qu'il a d'aimable,
D'attrayant, de gracieux,
De franchise inexprimable,
D'abandon délicieux.
De la céleste doctrine
Goûtons les enseignements ;
Elle sera l'origine
D'humbles et purs sentiments.
Pleins de force et d'énergie,
Nous serons grands par le cœur ;
Notre pensée élargie
N'aura que plus de vigueur.
Ne cherchons pas la sagesse
Du politique mondain ;
Avec toute sa finesse
Il n'est souvent qu'un gredin.

———

Sur les cheveux conservés de ma sœur
Clémentine Poisson,

morte à 18 ans, le 29 octobre 1823.
Impromptu.
30 octobre 1864.

Fleur à peine épanouie,
Entre les bras de la mort
Elle s'est évanouie :
Ici-bas tel fut son sort.
Mais sa blonde chevelure
Plus qu'elle-même a duré.

La vie à sa première allure
Est toujours un songe doré,
Qui dès le matin se dissipe.
Vient la mort ou le dur labeur :
Nul homme ne s'en émancipe,
En vain la jeunesse et l'ardeur.

———

A. Georges Pégat,

substitut du procureur impérial de Limoux (1).
24 décembre 1864.

Cher Monsieur,

Je vous remercie de l'envoi de votre thèse (2).
La souscription de l'hommage, *Hirondelle passagère*, m'a fait voir que vous n'aviez pas perdu
l'agréable enjouement de votre esprit. Le mot
de votre lettre, *gai pinson*, atteste également
que vous conservez votre caractère franc et
ouvert. Je vous en félicite. Le regret de votre
barbe et du nom d'enfant, qu'il vous plaisait de
recevoir, montre que vos années d'étudiant vous
sont restées un cher et doux souvenir. Deux
ans de parquet et de stage n'ont donc rien changé

(1) Aujourd'hui procureur de la république à Castelnaudary.
(2) Sa thèse de docteur en droit.

en vous. Ayez à l'audience, je le veux bien, la gravité du magistrat; mais hors de là, continuez à Limoux ce que vous étiez à Paris; car

Hirondelle ou pinson,
Passager ou stationnaire,
Etre aimable garçon
Voilà la principale affaire.
La riante gaité,
Le joyeux entrain, l'humeur belle,
La franche aménité
Ont pris gîte en votre cervelle.
Hé quoi! les déloger?
Gardez-vous d'une telle envie:
Mieux vaut les engager
A jamais par un bail à vie.
Du grave magistrat,
J'y consens, prenez la sagesse;
Passez-en le contrat,
Mais avec clause de jeunesse.
Un peu d'austérité
Va bien au front de la justice,
Pourvu que la gaité
Y joigne son joyeux caprice.
Soyez indépendant
De la pose trop magistrale.
Laissez au sot pédant,
Croyez-moi, la mine claustrale.
Un jeune substitut
N'est pas un président de chambre,

Non plus de l'Institut,
Ridicule dès qu'il se cambre.
C'est un gentil pinson,
Qui voltige, chante, gazouille,
Et qui, bon échanson,
Quelquefois à table bredouille,
Lorsqu'il a trop versé
Le mousseux champagne en son verre.
Il serait peu sensé
D'avoir alors mine sévère.
Oublieux de mes ans,
Avec vous je ris, je badine :
Vos vifs, vos gais élans
Dérideraient plus vieille mine.
Que vous ayez regret
De votre gentille moustache,
Ce n'est pas un secret :
Soyez loué de cette attache.
Merveilleux ornement
D'un frais et aimable visage,
C'était un agrément
Dont à tort on blâme l'usage.
Nos anciens justiciers,
D'âme énergique et vertueuse,
Très-dignes devanciers,
Portaient barbe majestueuse.
De la virilité
Ils appréciaient ce beau signe.
De leur intégrité
C'était le sûr et noble insigne.

A merveille il irait
A la sévérité du juge,
— Qui s'en applaudirait ?
Ah ! par votre lettre j'en juge.
Certes il me souvient
Combien votre barbe était belle ;
Et souvent me revient
Le doux penser de l'hirondelle.
Or, du joyeux pinson
Je regrette le voisinage.
Triste est une maison
Ayant l'hiver pour apanage.
Le printemps et ses fleurs,
Pinson, hirondelle légère,
Chassent gaîment les pleurs.
Goûtez cette heure passagère,
Assez tôt vient l'été.
Ne troublez pas l'aimable rire
Par trop d'austérité.
A tout mêlez votre sourire :
Il était franc et doux.
Ne vous jetez pas dans l'extrême,
N'allez pas à Limoux
Prendre une mine de carême.
Restez étudiant
Par l'entrain et l'humeur gentille ;
Demeurez gai, riant :
Qui n'aime l'esprit qui pétille ?
L'âme ouverte séduit ;
On évite l'esprit morose ;

Sur les nerfs il produit
Comme l'effet d'une névrose.
Chagrin, triste, ennuyeux,
Aucun ne lui prête l'oreille ;
Tandis qu'on a les yeux
Sur le pinson qui dit merveille.
Sous un ciel de printemps,
Gai, de branche en branche il voltige ;
Il chante le beau temps,
Les fleurs, la joie et son vertige.
Écartez à propos
Les froids arrêts de la justice ;
Montrez-vous très-dispos
Pour quelque innocente malice.
Croyez en ma leçon,
Elle est belle, excellente, sage ;
Restez un gai pinson ;
Du rire faites grand usage.

Cher Monsieur, en vous remerciant, j'ai égayé
un instant mon esprit. Je ne pouvais mieux
faire, puisque je me trouvais en présence d'un
jeune homme plein de gaîté et d'entrain. Je
pense que si vous avez essayé à Limoux de
chasser le naturel par la porte, il est, comme
l'on dit, revenu par la fenêtre. Je ne l'en gron-
derai pas. Soyez enfant le plus longtemps possible, c'est-à-dire de cette joviale et belle humeur
qui chasse le souci et la tristesse.

Cette épître est en attendant votre thèse de docteur en droit.

Votre souvenir n'est pas perdu ici, et l'on se rappelle au vôtre.

Agréez mes affectueuses cordialités avec le souhait d'une bonne et prompte réussite dans la magistrature, en sus un charmant mariage.

Votre dévoué serviteur,

J. POISSON.

Vers mis au bas d'un portrait d'Arnaud.

9 novembre 1865.

Docteur entété,
Arnaud eût été
L'un des grands docteurs de l'Église
Sans sa janséniste bêtise.

———

Vers mis au bas d'un portrait de Santeuil.

9 novembre 1865.

Jovial régulier,
Santeuil fut singulier
En conduite et en poésie;
Mais de ses vers l'âme est saisie.

———

7

Epigramme

à l'occasion d'un jeune homme qui à 20 ans jurait, par libé-
ralisme, qu'il se ferait avocat et ne servirait jamais le
gouvernement, qui à 23 ou 24 ans sollicitait une place de
substitut.

Cette épigramme n'était que pour le plaisanter. Je suis d'avis
qu'un jeune homme prenne une position quelconque, autant que possible celle le plus en rapport avec la délicatesse
des sentiments généreux et indépendants.

26 décembre 1865.

Un fier et certain Brutus
Prétend, selon les anciens us,
    Qu'on peut crier sans intrigue :
Vive le roi, vive la ligue.
De son avis sont bien des gens
Devant place de président.
Que de Brutus pour moindre siége
    Donnent dans le piége ! (1)

(1) Ce jeune homme était Armand Lagrolet. Il fut nommé substitut à
Digne. Il donna sa démission au bout de dix-huit mois à deux ans et
revint à Paris, où il se fit inscrire au barreau comme avocat.

A ma sœur Mme Fauchon, née Mélanie Poisson,

en lui envoyant mon ouvrage
la Raison, la science et la foi devant le mystère.
4 novembre 1866.

De la famille de l'enfance
Tu me restes seule, ô ma sœur.
Lorsque vers la tombe on s'avance,
Sérieux, attristé penseur,
De la tendresse fraternelle
Combien mieux sent-on la douceur ! (1)
Penché sur la rive éternelle,
On aime à rêver à sa sœur.
Reçois ce livre, œuvre de ma pensée.
De mon travail c'est le dernier produit.
On n'y voit pas la raison offensée :
Je suis vers elle avec amour conduit.
Mais je combats ces esprits téméraires
Qui de la foi sapent l'autorité.
A son égard acharnés adversaires,
Tout leur est bon, son empire excepté.

(1) Ma sœur m'a témoigné, dès ma plus tendre enfance, une vive affection, qui n'a jamais cessé. De mes quatre sœurs, elle est la seule qui me reste depuis le 24 avril 1838.

Cependant croire est chose indispensable.
Dans son orgueil ou dans sa volupté,
L'homme n'admet que le seul saisissable :
Il veut jouir, il craint la vérité.
La vérité le trouble, l'importune :
En sa fureur et son ricanement,
De la nier quelle bonne fortune !
Mystère, foi, bon comme amusement.
Allons ! dit-il, il a trop de science
Pour s'arrêter aux contes d'autrefois.
Dans la raison il met sa confiance.
En somme, un sot, insensé mille fois.

A Joseph Bernet-Rollande,

étudiant en droit (1).

Vers composés sur le chemin de fer de Limoges à Château-
roux, après avoir considéré le château féodal de Chabenet,
situé au milieu des arbres sur une colline dominant la
Creuse. Je revenais de l'Auvergne. La partie des vers qui la
concerne a été composée à Massay, département du Cher.
28 septembre 1867.

Rives de la Creuse, oui, vous méritez des chants ;
Vous possédez aussi de nombreuses délices,
D'agréables coteaux, des imprévus touchants.
Laissez-moi vous goûter ; assez d'amers calices,
De soucieux moments et de mortels ennuis ;
Doux est de faire trêve aux douleurs de la vie.
Il est des jours mauvais et de pénibles nuits,
Au bonheur passager pourquoi porter envie ?
Château de Chabenet, vos gothiques créneaux,
Fiers au-dessus des bois, vos gentilles tourelles
Enchantent le regard : salut à vos meneaux.
Contempler et rêver, jouissances réelles.
Un site verdoyant, des roches, des coteaux
Ne peuvent qu'être aimés : ils parent la nature,
Surtout lorsque s'y joint le murmure des eaux.
Que ne puis-je en mes vers en faire la peinture !

(1) Aujourd'hui substitut à Grasse, auparavant à Issoire et avocat
stagiaire à Riom, où il est né. C'était un jeune homme plein de délicatesse dans le sentiment, sérieux, ayant une grande étendue de connaissances, cachées sous beaucoup de modestie, une âme aimante et une
grande douceur de caractère.

Et vous, pays d'Auvergne aux sommets imposants,
Limagne riche et belle, ô douce souvenance,
Je viens de vous revoir sous des attraits puissants ;
La nature, l'accueil, tout à ma convenance.
J'ai goûté le repos près de jeunes amis (1).
Joindre à la fleur des ans le sérieux de la vie
Plaît à l'âme et au cœur, en jouir est permis :
De cela, je le sens, ma pensée est ravie.
Gentillement mené, j'ai gravi les hauteurs ;
D'un pied léger et sûr franchissant les montagnes,
Joseph, doux compagnon, supportait mes lenteurs ;
Plus élancé qu'un cerf, il courait les campagnes.
O jeunesse attrayante, on aime à vous chanter.
Sur le luth, dans les vers, on célèbre vos charmes.
Chez vous beauté, vigueur, je l'entends répéter,
Fraîcheur, souris joyeux sont de puissantes armes.
Vous êtes le printemps ; vous êtes le bonheur ;
Vous êtes la gaîté, le rêve qu'on adore,
Le loyal sentiment, la franchise, l'honneur,
La douce illusion que votre penser dore.
Si je savais chanter, oh ! je vous chanterais.
Je n'ai ni luth ni voix, j'ignore l'harmonie ;
Loin de vous relever, je vous abaisserais.
J'ai crainte, je m'abstiens de toute symphonie.
Mieux écouter Joseph, qui de ses doigts légers
Sait de son instrument tirer des mélodies...
Suavité, douceur... Instants trop passagers !
J'écoutais, je rêvais sur ses gammes hardies.

(1) MM. Léon et Joseph Bernet-Rollande, l'un pour lors substitut
Murat, l'autre étudiant et licencié en droit.

Mentana.

A Henri Frossard, étudiant en droit, zouave pontifical, jeune
homme plein d'ardeur et de bravoure, d'un caractère franc,
ouvert, aimable et plein d'entrain.
3 décembre 1867.

Avez-vous vu ces guerriers intrépides,
Pleins de jeunesse, ardents, impétueux,
Vers le combat marcher à pas rapides,
Prêts à verser de leur sang généreux
Et la dernière et la plus pure goutte?
Ces combattants, héros mus par la foi,
Sont des martyrs, qui le mettrait en doute?
Tombant, mourant pour le Christ et sa loi.
Racontez-nous leur sublime vaillance,
Champs de bataille, illustres à jamais,
Où l'on ne vit aucune défaillance
En leur valeur, célèbre désormais.
Devant l'ardente et l'infernale rage
De forcenés sans loi, sans nul merci,
Ils vont montrer le plus ferme courage,
Ils ont le cœur sans crainte et sans souci.
Du bien, du mal la lutte décisive
A Mentana viendra se dénouer.
A qui prendra le premier l'offensive :
Vaincre ou mourir chacun de l'avouer.

En cette lutte effroyable, acharnée,
On vit la haine, égalant la fureur,
A son instinct sans frein abandonnée,
Se plaire au mal, jouir de son erreur.
Aventuriers, bandits, dans leur audace
Ils défient Dieu par un blasphème altier.
De l'antechrist on les dirait la race,
Suppôts d'enfer avec leur flibustier.
Mais détournons le regard, la pensée
De ces *bravi*, honte du temps présent ;
Les serviteurs d'une cause insensée ;
Le sens moral de leur âme est absent.

En face d'eux est la noble vaillance,
Le bel élan d'une virile ardeur.
Le dévoûment, l'héroïque croy..nce,
Le beau moral dans toute sa splendeur.

Jeunes guerriers, à vous soit la louange,
A vous la gloire et l'immortalité :
On trouve en vous une sainte phalange,
Vous défendez le droit et l'équité.

Belle est la mort de jeunesse parée.
Vous qui doutez, regardez ce vaillant,
Ici sommeille un courage brillant.
Belle est la mort de valeur décorée.

Redites-nous, hauteurs de Mentana,
L'élan viril, l'intrépide vaillance
De cet Henri que l'ardeur entraîna :
Il ne craint rien ; voyez comme il s'élance.
Jeune, beau, fier, grand par le sentiment,
Il a l'entrain, l'aimable et gai sourire,

L'aménité, le tendre dévoûment.
En son sang court un généreux délire :
Il veut mourir ou vaincre pour la foi,
Aimant l'Eglise et son pasteur suprême.
Combien est beau le feu qu'il sent en soi !
Au premier rang le péril est extrême,
Il y combat. Les balles près de lui
Viennent siffler : qu'importe à sa grande âme ?
Ce qu'il lui faut, c'est de vaincre aujourd'hui.
Plus le danger est grand, plus il s'enflamme.
A ses côtés deux jeunes combattants,
Hardis au feu, n'ont souci de leur vie,
Braves soldats, épuisés, haletants.
Ils sont blessés (1), ils sont dignes d'envie.
Donner leur sang est pour eux un bonheur:
La cause est sainte, elle est digne de gloire;
Brisés, meurtris, c'est pour eux un honneur;
Ceci rendra plus belle la victoire.
Leur compagnon redouble ses efforts,
Debout, intact sur le champ de bataille (2).
Il peut choisir son rang parmi les forts,
Avantagé par une haute taille.
Les deux partis l'admirent étonnés.
Lui, plus ardent plus la lutte est atroce,
Loin de trembler, presse les forcenés,
Qui, l'assaillant, poussent un cri féroce.
Je les vaincrai, tel est son fier penser :
Il sent son cœur sans peur et sans reproche;

(1) L'un mourut de ses blessures le lendemain ; l'autre, un mois après.
(2) Il ne reçut aucune blessure.

7.

Douter de lui, ce serait l'offenser.
De Mentana vaillamment il approche.
Sur le terrain, il vient d'étendre morts
Trois tirailleurs d'une bouillante audace :
S'il ne l'eût fait, il en aurait remords ;
Il a bravé leur arme et leur menace.
Il est vainqueur : quel superbe moment !
Que les échos se plaisent à le dire ;
Qu'au loin en soit le retentissement.
C'est un héros, aimons à le redire.
Voyez ce front par la poudre bruni,
Reconnaissez la valeur, le courage.
D'Henri Frossard que le nom soit béni :
Gloire et honneur, du combat c'est l'ouvrage.

De Mentana, Français, soyons heureux ;
Ses champs ont vu la plus belle jeunesse
Continuer l'histoire de nos preux.
Louange à Dieu soit le cri d'allégresse.
Pleurons nos morts, ils sont dignes de pleurs.
Ayons pour eux la plus douce espérance.
Ils sont au ciel, ils n'ont plus de douleurs.
Ils resteront la gloire de la France.

L'Etudiant.

Chansonnette mise en musique.
Aux étudiants du Cercle du Luxembourg, à Paris (1).
14 juin 1870.

I

Je suis gentil, charmant garçon.
J'ai grand respect de la raison ;
Mais j'en fais fort médiocre usage,
Afin de n'être point trop sage.
La sagesse, soit; mais aux vieux ;
D'elle je ne suis pas envieux.
Je traverse gaîment la vie ;
J'ai de cela l'âme ravie.

II

Je suis vraiment bon compagnon ;
Je ris, même ayant du guignon.
J'ai la belle humeur en partage :
N'en demandez pas davantage.

(1) Depuis novembre 1858 je vis au milieu d'eux, et j'y ai éprouvé de bien doux moments : car j'y ai rencontré de charmants garçons, et aussi de ces belles intelligences qui promettent un grand avenir, de ces conceptions vives et puissantes qui font les hommes supérieurs. Il y a jouissance à contempler l'homme dans sa floraison physique et morale, quand cette floraison promet de beaux fruits. On sent son cœur et son âme aller vers de tels jeunes gens, tandis que le jeune homme niais, abruti et crétin vous repousse.

Vrai, jeunesse, vigueur, santé
Vont bien avec la liberté.
Peu, mais sans peine, j'étudie.
Pardon pour mon âme étourdie.

III

En morale large penseur,
Je suis un indulgent censeur.
Comme tout autre je m'amuse ;
A l'école même je muse.
On ne dit pas tout aux papas ;
On leur conte ce qui n'est pas :
Les papas sont d'humeur crédule ;
Et la maman excuse, adule.

IV

Le laisser-aller confiant
Appartient à l'étudiant ;
Cela charme son existence :
Au loin soit la grave sentence.
Le *tu*, le *toi* semblent bien doux.
Il accepte sans nul courroux
D'un ami la plaisanterie :
Malséante est la fâcherie.

V

Ainsi viennent ses vingt-quatre ans.
Il ne les trouve pas charmants,
Dernière fleur de sa jeunesse.
Il déteste ce droit d'aînesse.

Hélas ! voir s'effeuiller la fleur,
S'éteindre la douce lueur
De ce qu'on nommait le bel âge,
C'est là triste et vilain partage.

VI

Adieu jeunesse, adieu gaîté :
Voici les ardeurs de l'été,
Adieu donc souriante joie :
Des noirs soucis je prends la voie.
Adieu le rire et mes vingt ans,
'Non, non, il n'est plus de printemps.
Désormais la lutte sans trêve.
Non, il n'est plus de joli rêve.

VII

Mais repoussons la noire humeur ;
Jeune, soyons un gai fumeur.
A quoi bon une âme chagrine ?
Au plaisir faisons bonne mine.
Vingt ans n'est pas le temps des pleurs :
C'est la belle saison des fleurs.
Mettons à profit la jeunesse,
Assez tôt viendra la tristesse.

Epigramme.

A Louis Sorin de Bonne (1), en lui réclamant mon ouvrage
Chroniques de l'abbaye de Saint-Père et un de mes sermons, que je lui avais prêtés.

26 juin 1870.

> Sorin est un charmant garçon,
> D'aimable et gentille façon ;
> A coup sûr il ne saurait prendre,
> Mais vraiment il ne sait pas rendre.

(1) Aujourd'hui sous-préfet de la Tour-du-Pin, avant de Sancerre ; fut
conseiller de préfecture à Tulle et à Bourges. Très-gentil jeune homme
et d'une grande douceur de caractère, distingué et aimable.

Le Souvenir.

15 juillet 1870.

Le souvenir plaît à l'âme,
Qu'il soit triste ou soit joyeux.
Il est une douce flamme
Au vieux foyer des aïeux,
Le bruit d'un ruisseau limpide
Qui murmure sous l'ormeau,
Le cours d'un fleuve rapide,
Le débris d'un vert rameau.
Ami de la solitude,
Il fait rêver et jouir.
Il donne la quiétude,
Echo que l'homme aime ouïr.
C'est une seconde vie,
Il ramène le passé
Et chaque chose ravie.
Il soutient le cœur lassé.
Quelle heureuse souvenance :
Enfance, toit paternel !
A côté de la souffrance
Etait l'amour maternel

Dans les jours du premier âge,
Où l'on ne sait le malheur,
Même l'ayant en partage;
Alors passait la douleur.
On souriait à sa mère,
Jouant avec son fuseau :
Il n'est point de larme amère,
Balancé dans le berceau.
Succède l'adolescence;
Moins joyeux en sont les jours;
S'annonce l'effervescence :
Le berceau n'est pas toujours.
Or pourquoi tant de contrainte
Devant les sensations?
C'est le plaisir, c'est la crainte
D'ardentes émotions;
C'est une lutte naissante
Où s'engage l'avenir
Par une attaque incessante :
Quel émouvant souvenir!
Douleur d'une âme indécise,
Vouloir et ne vouloir pas.
Vertu... chose trop précise :
Oh! vaut mieux mille trépas.
De la pudeur trop craintive
Cessons les timidités,
La passion nous active,
S'écrient les sens irrités.
Les orages de jeunesse
Sont un souvenir troublé;

Mais souvenir d'allégresse.
L'âme émue en a tremblé
Sous les glaces du vieil âge.
C'était la fleur des beaux ans,
Des amours le doux ramage ;
Mais sont venus les autans,
Comme à la fleur desséchée
La séve au cœur a cessé :
De sa tige détachée,
La fleur, hélas ! a passé.
De la vie une parcelle,
La jeunesse est fleur d'un jour,
Une éphémère étincelle,
Un léger soupir d'amour.
Comme l'éclair sur la nue,
Elle brille un court instant,
Laisse l'âme triste et nue :
Ici-bas rien n'est constant.
Le mot *bonheur* émeut l'âme.
Vive et fuyante lueur,
Au loin on en voit la flamme ;
Météore séducteur,
Il attire la jeunesse
D'un vain espoir se berçant,
Prise d'une douce ivresse,
L'idéal apparaissant
A ses yeux chose réelle ;
Mais, déplorable destin,
Il disparaît avec elle :
Il n'a duré qu'un matin.

On le voit brillant, splendide :
Quoi d'étonnant s'il séduit,
D'une âme neuve et candide
Un illusoire produit ?
Circule en toutes les veines
L'ardente soif du bonheur,
On sent les douces haleines
Du printemps et de la fleur.
L'herbe fraîche et la rosée
Offrent un aimable attrait,
Le repos à la pensée,
Car nul souci ne distrait.
L'époque de la jeunesse
Est un charmant souvenir ;
Il remplit le cœur d'ivresse,
Et l'on se sent rajeunir.
Vient l'ambition hautaine,
Le vif désir des grandeurs ;
L'âme s'agite incertaine,
Ont surgi d'autres ardeurs.
Souvenance bien amère,
Point de calme, les tourments....
Où sont l'enfance, la mère,
Les jeux et leurs doux moments ?
Homme, on tente une entreprise ;
On affronte le péril ;
Du hasard l'âme est éprise,
On se croit par là viril.
L'homme adore la fortune,
Déesse de l'intrigant ;

Pauvre, être rien l'importune,
Il s'agite pour l'argent.
Il a les inquiétudes,
La lutte avec ses ennuis,
Du jour les sollicitudes,
Le sommeil troublé des nuits.
Vient (que ne puis-je le taire?)
La trahison d'un ami,
L'intrigue d'un adversaire,
Le succès d'un ennemi.
Vers les jours de sa jeunesse
Il porte son souvenir ;
Des ans il voit la détresse,
Triste apparaît l'avenir.
Chose alors peu gracieuse,
Se dire : Je me souviens ;
Chose au fond délicieuse,
A ce penser je reviens.
L'écho de la souvenance
Possède un charme puissant ;
Il amuse la souffrance
Du cœur blessé, languissant.

A René des Portes (1)

en lui dédiant ma pièce de vers intitulée *le Souvenir*,
29 juillet 1877.

Me relisant, je pense à vous.
Votre âme douce, vive, aimante
Met la bonne entente entre nous,
Que vous savez rendre charmante.
Elle sera doux souvenir.
Ayez courage et confiance :
Vous préparez votre avenir
Par votre belle intelligence.
J'éprouve un extrême bonheur
A contempler votre jeunesse :
Elle restera votre honneur
En ce temps de grande tristesse.
J'ai mis en vers le souvenir.
Il renferme souffrance et joie.
Nul ne saurait bien définir
La douleur qu'à l'âme il envoie.

(1) Chef du Cabinet du secrétaire général du Ministère de la Justice,
jeune homme aimable, plein d'obligeance et de savoir-vivre, possédant
les sentiments élevés et dignes qui font l'homme distingué.

Notre nature est de songer,
De caresser un brillant rêve.
Plus d'un, hélas! est mensonger;
Mais à la douleur il fait trève.
Cruelle est la réalité :
Pour qu'en lui l'espoir ne s'altère,
L'homme rêve félicité,
Malgré les douleurs de la terre.
Devant le songe du passé
L'heure du jour, souvent amère,
De tout voit notre cœur lassé,
Cependant vivre de chimère.

La vie.

A Louis Sorin de Bonne.
1er mars 1871.

Jeune, vous abordez le terrain de la lutte ;
A diverses douleurs vous vous verrez en butte.
Croyant à la justice, aimant la vérité,
Votre cœur est ouvert à la sincérité ;
Il se livre, il se donne avec élan et joie :
Moyen, hélas ! trop sûr, d'être une triste proie.
Vous comptez, généreux, sur la tendre amitié ;
Souvent vous obtiendrez à peine la pitié.
Sur vos pas marcheront la noire perfidie,
Une trame perverse habilement ourdie.
Vous souriez au plaisir, vous pensez au bonheur :
Le plaisir, éphémère, est suivi du malheur.
On pleure en ce bas lieu, l'on souffre, on se lamente,
Sur les lèvres le ris, dans le cœur la tourmente.
Vous cherchez un grand bien, nommé la liberté,
Chère à l'homme des champs non moins qu'à la cité.
Bon est de l'acclamer, elle est aimable et belle.
Sans elle, en vérité, l'existence qu'est-elle ?
Une douleur, un poids, une chaîne à porter.
L'insolente contrainte est propre à révolter.

Il vous faut la subir, en dépend l'existence ;
Sans mot dire écouter une dure sentence.
Souvent l'autorité n'est qu'abus de pouvoir,
Auquel doit adhérer notre impuissant vouloir.
Vous mordez votre frein, et c'est avec justice,
Maudissant du pouvoir un insolent caprice.
Vous invoquez des droits, on répond : Obéir !
Le pouvoir oppresseur par là se fait haïr.
Il s'appelle le droit ; lui révolte vous nomme.
Mensonge, c'est l'abus qui s'assujettit l'homme.
L'esclavage sera sans cesse sur vos pas.
Non, disons-le tout haut, la liberté n'est pas.
Elle est pourtant un droit, une chose sacrée ;
Mais pour l'homme au pouvoir une chose exécrée.
Au bout de la carrière on peut narrer des faits,
On a vu le théâtre et des mimes parfaits.
On est pris de dédain pour ces mises en scène :
On en pourrait rougir comme d'un acte obscène.
Oh ! triste est d'avoir vu. Pourquoi de si longs jours ?
Pourquoi, naïveté, ne pas durer toujours ?
J'aimerais ignorer ; mais c'est chose impossible ;
Au savoir condamné, demeurer impassible
N'est pas le fait de l'homme auquel le sentiment
Au plus profond de l'âme a retentissement.
Ignorer, je l'affirme, et traverser la vie
Ne saurait exister, quoique digne d'envie.
Chaque jour, par malheur, nous voyons, apprenons
Et sans cesse en éveil notre regard tenons.
Voir, apprendre, gémir, tel est notre partage ;
Telle est notre douleur : que dire davantage ?

Qu'aperçoit-on partout ? Le mentir effronté,
Se donnant, s'affirmant comme la vérité.
Sans hésiter, chacun le met à son service.
Adresse est le mentir. On pardonne ce vice,
Dès qu'il est triomphant, dès qu'il est haut placé.
Vous avez réussi, tout mal est effacé.
Le succès, le succès, sachez qu'il justifie
Et l'acte et le moyen ; chacun y sacrifie.
On l'acclame, on l'adore, idole des cœurs bas,
Hélas ! tel est le train des choses d'ici-bas.
Comment ne point avoir dégoût, ennui, tristesse ?
On avait abordé la vie avec ivresse ;
On croyait à l'honneur, amère illusion :
Ah ! l'honneur est un mot, une déception.
    J'ai raconté, jeune homme, à votre ardeur naissante
De chacun de nos jours la tourmente incessante.
Non, ne vous bercez point d'un vain espoir trompeur ;
Sachez la vérité, marchez à sa lueur.
En évitant l'écueil de perfides chimères,
De l'existence on rend les luttes moins amères.

Epigramme.

Contre un jeune homme qui avait plaisanté sur un thé auquel
l'un de ses camarades ne l'avait pas invité. (Le nom est
dénaturé, pour ne point blesser.)
Impromptu.
17 décembre 1871.

Bien qu'en dise Châtel,
Brochant sur tel et tel,
Thé, visages aimables
Sont choses agréables.
Châtel, fameux lapin,
M'a l'air d'un turlupin.
En dire davantage?
Non. Je crains le tapage.

A Ludovic Langlois

en lui donnant mon ouvrage *la Raison, la science et la foi devant le mystère*, à l'occasion de sa thèse pour la licence en droit, brillamment soutenue (1). Jeune homme pas encore majeur.

9 août 1872.

Doucement balancé sur les flots de la vie,
Prospères soient vos jours, et vos succès brillants.
Votre belle jeunesse à cela vous convie.
Vous suivent mes souhaits, mon cœur et mes vieux ans.

(1) Depuis docteur en droit. Aujourd'hui clerc de notaire. Esprit fin et orné, sympathique à tous par l'aménité de son caractère.

La chanson du jeune rameur.

Romance mise en musique.
A Ludovic Langlois.
26 novembre 1872.

I

De douce et rêveuse humeur,
Sur sa nacelle légère
Chantait un jeune rameur,
Charmant l'heure passagère :
« Entendez-vous le ruisseau ?
Il bruit sous l'herbe fleurie.
Auprès gazouille l'oiseau
Qui s'ébat dans la prairie.
L'onde calme du courant
Platt à l'œil et ne le lasse,
Mais je dis, en soupirant :
Le ruisseau, c'est ce qui passe.

II

La fleur a fraîcheur, beauté.
Sa corolle gracieuse
Attire et tient enchanté,
Distrait l'âme soucieuse.

Les parfums les plus exquis
S'exhalent de son calice :
Que d'admirateurs acquis !
Chacun en fait son délice.
Nuances, formes, couleurs :
A les voir l'œil ne se lasse.
Mais, penser triste ! les fleurs,
Disons-le, c'est ce qui passe.

III

Chanterai-je le printemps,
Sa tendre et verte feuillée ?
Il dissipe les autans,
Tient la nature éveillée.
Il ramène les beaux jours,
La voyageuse hirondelle,
Le doux chant et les amours
De la fauvette fidèle.
Il promet riche moisson.
Aucun mortel ne s'en lasse.
Mais, fugitive saison,
Le printemps, c'est ce qui passe.

IV

On s'attache à la beauté.
L'homme y met son cœur, son âme ;
La femme y met sa fierté.
Un simple trait les enflamme.
Ces agréments séducteurs
Emeuvent les sens, ravissent,

Du désir sont conducteurs :
Car aux yeux ils resplendissent.
Eclat trompeur d'un instant,
D'en jouir on ne se lasse.
Mais ici rien de constant :
La beauté, c'est ce qui passe.

V

Jeune, on se rit du destin ;
On se perd dans le beau rêve
D'un perpétuel festin :
A la joie on ne fait trêve.
On a la force, l'ardeur
Et la mobile pensée.
De l'âge on a la splendeur,
Point de tristesse insensée.
Pourquoi l'ennuyeux souci?
D'être jeune on ne se lasse.
Mais écoutez bien ceci :
Ce beau temps, c'est ce qui passe.

VI

Les rêves ont leurs attraits,
Font le bonheur de la vie,
Fournissent mille portraits,
Et plus d'un digne d'envie.
Ils jettent dans l'idéal;
Naissent riantes images.
On ne voit point de rival ;
A vos pieds sont les hommages.

8.

Chaque jour est un fil d'or,
Dont jamais on ne se lasse.
Mais je le redis encor,:
Le rêve, c'est ce qui passe.

VII

Je sens mon bras vigoureux ;
Je suis en pleine jeunesse,
Le sang coule généreux ;
En mon corps est la souplesse.
L'énergique volonté,
L'intelligence puissante
Donnent au cœur la fierté
Et rendent l'âme agissante.
De tels dons sont précieux ;
Le jeune homme ne s'en lasse.
Mais, comme tout, sous les cieux,
La vigueur, c'est ce qui passe. »

VIII

Ainsi chantait le rameur.
Maître dans sa frêle barque,
En sa juvénile humeur,
Il s'y croyait un monarque.
Vraiment plus heureux qu'un roi,
Il filait au gré de l'onde,
Sans connaître d'autre loi,
Ni comment allait le monde.
Agile, joyeux, content,
De voguer il ne se lasse.

Entendez-le répétant :
« La rive, c'est ce qui passe.»

IX

Nous aussi des nautoniers
Sur le fleuve de la vie,
Chantons les jours printaniers,
Leur beauté nous y convie.
Un mélancolique chant
Amuse la traversée ;
Il est rêveur et touchant ;
Il anime la pensée.
Il met en gentille humeur :
Des beaux jours on ne se lasse.
Mais écoutons le rameur :
« Le présent, c'est ce qui passe. »

La jeunesse.

A Pol Payonne, étudiant en droit (1).
3 mai 1873.

Sur le fleuve de la vie,
Jeune, on s'engage léger,
On est un gai passager,
Au plaisir tout vous convie.
    Sur une frêle nacelle,
On s'avance vers l'écueil;
Au péril on fait accueil :
On le cherche et on l'appelle.
    On sourit à la tempête;
Elle plaît, elle ravit :
Avec elle au moins on vit.
A la braver on appète.
    On caresse les orages
Qui viennent troubler les sens.
Le calme est un contre-sens :
On ne craint pas les naufrages.
    Ils sont faits pour la jeunesse,
Se dit-on en souriant.
Ils vont bien au cœur bruyant :
Ils sont remplis de liesse.
    On se sent l'âme joyeuse;
On sourit à l'avenir.

(1) Jeune homme d'humeur ardente et impétueuse.

Le passé, doux souvenir.
L'humeur est belle et rieuse.
   On est pétulant, folâtre.
Une charmante gaîté
Produit la félicité.
Le plaisir, on l'idolâtre.

   On aime la vive flamme
Du sentiment généreux,
Du dévoûment valeureux;
On l'applaudit, on l'acclame.

   On rejette loin le doute
Qui met en suspens l'élan.
Tristesse, chagrin, cœur lent,
Il n'est rien tant qu'on redoute.

   On est jeune, on rit, on chante;
On brave le mauvais temps :
On ne songe qu'au printemps ;
Le moindre zéphyr enchante.

   On cueille les lis, les roses.
On les effeuille en riant :
C'est l'âge d'or et brillant ;
Toutes les fleurs sont écloses.

   Oui, sur la rive fleurie,
Jeune, on s'arrête, on s'ébat :
On aime léger combat :
La lutte est folâtrerie.

   Au plaisir tout vous appelle.
On y répond empressé :
Il s'est si bien adressé,
Qu'il ne trouve pas rebelle.

Epigramme.

A Paul Tardu, étudiant en droit (1).
A l'occasion de trop forts enjeux
que des eunes gens se permettaient dans un certain salon.
Impromptu,
12 mai 1873.

Chez maître Jean Pot-pot
Existe un vrai tripot.
On y boit, on y fume,
On y joue, on y plume
La bourse de plus d'un,
Ostrogoth, non pas Hun.
Paul, votre gaîté ravissante
Permet ici que je plaisante.
En tout cas il est convenu
Que la chose est d'un inconnu.

1) Aujourd'hui banquier.

Epigramme.

A Auguste Laurent, étudiant en médecine.
Il m'avait proposé avec empressement de mettre en musique
ma romance intitulée *la Chanson du jeune rameur;* il
tardait à le faire, et ne l'a pas fait.
2 mars 1874.

On fait en pays de Gascogne
Beaucoup de bruit, peu de besogne :
En autre lieu certain garçon
Agit de la même façon.
Laurent, est-ce conte ? est-ce histoire ?
Le récit est contradictoire.
Or sur ceci j'ai grand désir,
Sans plus tarder, de m'éclaircir.
Pour ma part, je préfère croire
Que c'est plutôt conte qu'histoire :
Car sur la Loire assurément
On n'est ni Gascon ni Normand. (1)

(1) Le jeune homme était de Cosne.

L'*Ecce Panis angelorum*.

Composé en partie pendant la procession du saint Sacrement
en l'église Sainte-Geneviève de Paris (Panthéon).
6 juin 1875.

Voilà, voilà le pain des anges ;
A lui soit honneur, soient louanges.
Fait pain de l'homme voyageur,
De l'homme il devient la vigueur.

Des fils vraiment la nourriture,
Ce pain n'est pas une pâture
Qu'à des chiens on puisse jeter :
Avec crainte il faut le traiter.

Isaac en fut la figure.
L'agneau pascal en fut l'augure.
Pain descendu du ciel, il sert
Comme la manne du désert.

Jésus, vers vous tout nous convie,
Vous êtes le vrai pain de vie.
Guide, pasteur plein de bonté,
Soyez notre vitalité.

Soyez ici notre défense,
Puis au ciel notre récompense.
Soutenez nos pas chancelants
Jusqu'aux parvis étincelants.

Que le ciel soit notre héritage,
Et vous, Jésus, notre partage.
Nourris par vous, faibles mortels,
Nous deviendrons des immortels.

Le Martyr.

9 juin 1875.

Le chantre.

Quelle cruelle alternative :
Sa foi, la nier, ou mourir ;
Repousser le Christ, ou souffrir !
O grande, ô triste expectative !
Du supplice la cruauté
Produira-t-elle défaillance ?
Non ! Elle fera la vaillance
Et l'énergique volonté.

Le chœur.

Sur vos harpes harmonieuses,
Séraphins, célestes esprits,
Du courageux martyr épris,
Chantez les luttes glorieuses.

Le chantre.

Le martyr est ferme, intrépide ;
Il sait affronter la douleur ;
La crainte n'est pas dans son cœur :
Son regard demeure limpide.

9

Voyez ses membres palpitants;
Voyez son sang couvrir la terre :
Rien en son vouloir ne s'altère.
Voyez les bourreaux haletants.

Le chœur.

Sur vos harpes délicieuses,
Séraphins, sublimes esprits,
Du martyr tendrement épris,
Chantez, ô voix mélodieuses.

Le chantre.

Il meurt; vers le ciel il regarde,
Contemple la félicité,
La paix de la sainte cité;
De craindre la lutte il n'a garde.
En vain ses membres sont brisés,
Il voit le bonheur sans mélange.
Il voit des vainqueurs la phalange.
Il est mort, ses maux sont cessés.

Le chœur.

Séraphins, chantez du martyre
Les vaillants combats, les douleurs;
Chantez ses horribles souleurs;
Chantez la gloire qu'il s'attire.

Les séraphins.

Au ciel les saintes jouissances,
Sur la terre d'amères pleurs.

Au ciel les éternelles fleurs,
Et sur la terre les souffrances.
Le martyr a su témoigner :
A lui la palme, à lui la gloire,
A lui l'éclat de la victoire;
A lui maintenant de régner.

A Xavier Marula

Etudiant en médecine, jeune Alsacien ayant opté pour la
France, en lui offrant cette pièce de vers (1).

Vous endurez le martyre du cœur,
Absent contraint de la patrie aimée.
Vous sentez une cruelle douleur.
De dévoûment votre âme est enflammée.
N'est-ce pas là du martyr la valeur?
Il m'est permis, en mon pieux délire,
De vous offrir l'esquisse du martyre.

(1) Aujourd'hui docteur-médecin à Richelieu (Indre-et-Loire). Jeune
homme de sentiments élevés et délicats, esprit fin et aimable.

Elégie.

A Anatole Despond et à sa femme (1).
11 juin 1875.

La Mort!!! ô triste pensée!!!
Elle moissonne la fleur
Humide encor de rosée,
De l'aurore douce pleur.
Sans écouter la prière,
Elle moissonne l'enfant;
Contre sa faux meurtrière
La mère en vain le défend.
    Auprès du berceau, la tombe,
Quelle cruelle douleur!
Jeune tige, l'enfant tombe,
Quel effroyable malheur!

(1) Ils avaient perdu en mai un charmant petit garçon de 9 ans.
M. Despond est aujourd'hui conseiller général du Loiret. Sous-préfet de
Gien en 1870, il fut envoyé par les Prussiens prisonnier en Allemagne.
Il y resta deux mois, enfermé dans la forteresse de Weichselmünde,
près de Kœnigsberg, Caractère froid et énergique, esprit libéral autant
que religieux, homme de beaucoup de sens. Étudiant, il était très-tra-
vailleur, très-réglé dans la distribution de sa vie et de son temps. Il a
été aussi sous-préfet de Châlon, de Pontoise, de Narbonne; nommé
inspecteur général de la librairie au Ministère de l'Intérieur, il n'a pas
accepté.

Souriant à son sourire,
Elle y joignait un baiser
En son maternel délire :
L'amour ne sait se lasser.
Dans son bonheur sans mélange,
Du regard la pureté
Du ciel lui rappelait l'ange
Et sa splendide beauté.
Oui, mère, elle était heureuse :
Elle contemplait, aimait.
Oh ! vint l'heure douloureuse :
Plus de bonheur désormais.
Il n'est plus ! pensée amère !
Il procurait tant d'amour,
Tant de bonheur, pauvre mère !
Plus rien !!! Des pleurs chaque jour !
    La fatale Mort moissonne
Jeunesse, vigueur, beauté;
Elle n'épargne personne,
Saisit en pleine santé.
Resplendissait la jeunesse
Sur ce beau front de vingt ans.
L'admirer était ivresse;
Il défiait les autans.
L'œil était vif, plein de flamme;
Son feu livrait la pensée :
Car en lui se lisait l'âme,
Aimable, belle et sensée.
    La jeune fille riait,
Fière de son teint de rose :

Son innocence y brillait.
Tout à coup la Mort s'y pose :
Rire, fraîcheur et beauté
Du front de l'enchanteresse,
Comme l'aurore d'été,
Ont fui : la Mort est maîtresse.
Des parents le doux espoir,
Lis, étoile scintillante,
Elle laissait déjà voir
La femme forte et brillante.
Elle n'est plus!!! Cette sœur,
Aimable et tendre compagne,
Du frère brise le cœur.
A la tombe il l'accompagne.
Il pleure, il faut dire adieu,
L'adieu cruel de la tombe :
Le revoir n'est plus qu'en Dieu.
A sa douleur il succombe.

C'est l'élan, c'est la candeur
L'amour d'un jeune ménage.
Il y règne la pudeur,
De leurs deux cœurs l'apanage.
Bientôt d'un charmant berceau
Leur demeure est embellie ;
De leur joie il est le sceau :
Le tendre enfant les allie.
Soudain la Mort apparaît...
Elle était belle l'épouse,
La jeunesse la parait.
La Mort, du bonheur jalouse,

Est venue et a frappé :
A l'époux restent les larmes ;
Son bonheur est dissipé.
Que d'angoisses ! que d'alarmes !
A peine la joie a lui
D'une union hier formée :
Le vide, la peine à lui ;
La tombe à la femme aimée !
    La Mort vient frapper l'époux ;
Alors l'épouse éplorée :
« De s'aimer était si doux !
Hélas ! un jour de durée !!! »
O Mort, ô cruelle Mort,
Pourquoi donc faucher la fleur ?
Et tu le fais sans remords,
Joyeuse de la douleur.
De la terre le partage,
O Mort, comment l'éviter ?
O Mort, funeste héritage,
Tu ne sais rien respecter.

Une mélancolique pensée.

2 octobre 1875.

Je ne suis plus qu'un pauvre vieux.
J'aurais grand besoin d'entourage;
De plus, de soins officieux :
Or je n'ai pas cet avantage.
 J'avais rêvé vieillesse heureuse :
Illusion du temps viril;
O souvenance douloureuse!
C'était un songe puéril.

Du psaume *Judica me.*

24 décembre 1876.

Du Dieu de ma jeunesse,
Avec douce allégresse,
J'oserai m'approcher.
Puissé-je le toucher
Par ma prière ardente ;
Dire, l'âme fervente :
Fidèle à votre loi,
Seigneur, discernez-moi.
Devenu mon refuge,
Veuillez être mon juge.
Contre mon agresseur
Soyez mon défenseur.
J'ai fui l'âme perverse,
Suivant route diverse :
Regardez mon chemin,
Prenez ma cause en main.
Vous mon secours unique,
Du trompeur, de l'inique
Préservez mon sentier ;
Gardez-moi tout entier.

9.

N'imitant pas l'impie,
Si je pèche, j'expie.
Soit, soit, ô Dieu clément,
Confus celui qui ment.

En la lutte engagée,
Mon âme est affligée.
A vous elle a recours,
Venez à mon secours.
La tristesse l'oppresse,
Son ennemi la presse.
Quoi! la laisser périr,
Pouvant la secourir?

O vérité première,
Donnez votre lumière;
Qu'elle guide mes pas,
Me prépare au trépas,
Me conduise à ce temple
Où l'ange vous contemple,
En sa félicité,
Durant l'éternité.

O Dieu de ma jeunesse,
Dans une pure ivresse
Je verrai la beauté,
La gloire, la bonté,
La puissance infinies
A la justice unies;
Le désir satisfait
Joint au bonheur parfait.

La lutte étant finie,
La plus belle harmonie

Remplira le séjour
Du pur et saint amour.
Pourquoi donc la tristesse?
L'éternelle jeunesse
Apparaît à mes yeux
En regardant les cieux.

A Ernest Sommesous,

jeune homme d'un caractère doux et sympathique ;

et

à Etienne Pautigny,

excellent jeune homme, plein d'âme et de cœur.
Souvenir de la chapelle de la rue Lhomond
22 août 1877.

Du roi David en écoutant la lyre,
De même, Ernest, heureux, puissiez-vous dire,
Lors des ardeurs de la virilité,
Sans nul mentir, en toute vérité :
Dieu fut l'aimé de ma belle jeunesse.
Je le servais avec douce allégresse.
J'ai souvenir du grand et pur bonheur
Que je goûtai dans ma pieuse ardeur,
   Les passions d'ici peu vont parler,
Bientôt au mal viendront vous appeler.
Terribles sont les orages de l'âme ;
Des sens émus, ah ! redoutez la flamme.

Redoutable est sur nous leur action.
Ils sont trompeurs dans leur séduction.
De la vertu dès que l'on suit la voie,
Lutte d'abord, ensuite douce joie.
　C'est sur Dieu seul qu'il faut se reposer,
Non point sur soi, ce serait trop oser ;
Mais du vouloir, mais lutte et énergie.
Il faut toujours se tenir en vigie :
Sinon bientôt on est surpris, vaincu.
De ce malheur soyez très-convaincu.
Soyez vaillant, vous aurez la victoire,
Non sans combat : telle est la triste histoire.
　Sur votre front de l'âge on voit la fleur.
Vous possédez la jeunesse et l'ardeur.
Rien de plus beau, mais chose périlleuse.
La passion, au cœur délicieuse,
Est fort amère après contentement :
Elle devient un très-cruel tourment.
Jeune et vainqueur du mal et de vous-même,
Ah ! puissiez-vous dire au Maître suprême :
Soyez ma joie, ô Dieu plein de bonté ;
J'ai craint, j'ai fui le mal, l'iniquité.

Elégie.

7 février 1877.

Vous dormez, ô ma mère,
Dans la poussière du tombeau.
Votre mort me fut très-amère (1).
Votre adieu suprême fut beau.
J'entends votre voix défaillante :
« Mon fils, il faut nous dire adieu. »
    Votre âme, triste, aimante,
        S'en allait vers Dieu.
    Il n'était plus sur la terre,
    Il n'était plus de revoir.
    Mais le retour qu'on espère
Est cependant si doux espoir !!!

Hélas ! comme on dort dans la tombe,
Vous dormez d'un sommeil profond.
Chaque automne la feuille tombe,
A votre poudre se confond.

(1) Ma mère mourut le 17 septembre 1850.

Si dans la saison printanière
Le tombeau se couvre de fleurs,
Pour consolation dernière
    Il se couvre aussi de pleurs. (1)

Vous dormez, attendant l'aurore
    De ce jour sans fin
    Où rien ne se déflore :
Il reste pur non moins que son matin.

    Vous dormez : les bruits de ce monde,
Si fréquemment tumultueux,
Si semblables aux flots de l'onde,
Vainement sont impétueux.
Ils ne troublent ni le silence
    Ni le sommeil de la mort.
    En vain la vague s'élance
    Contre le rocher du port.

    Vous dormez, ô ma mère,
    Du sommeil solennel :
D'ici-bas le bruit éphémère
Ne peut hâter le réveil éternel.
Vous l'attendez dans le calme sublime
    Que la mort procure au tombeau,
    Même au tombeau le plus infime :
    Car devant Dieu le pauvre est beau.
    Vous l'attendez dans l'espérance
    Que la foi fournit au chrétien ;

(1) Il y a consolation à pleurer ceux qu'on a aimés ; car on leur donne
par là un réel témoignage d'affection.

Vous l'attendez en assurance,
Puisque vous avez fait le bien.

Du temps la courte durée
Bientôt pour moi va finir.
Plus haut que la voûte azurée
Je vois l'éternel avenir.
Après la lutte et la souffrance,
Après avoir porté leur faix,
Enseveli dans l'espérance,
Il est bon de dormir en paix.
Dormir près de vous, ô ma mère,
En attendant l'éternité,
N'est pas un désir téméraire,
C'est un vœu de toute équité.
En votre sein je pris la vie,
En lui je veux la déposer ; (1)
Dernière chose que j'envie,
Par la mort puisqu'il faut passer.
L'homme doit en suivre la voie,
Comme il suit celle du combat,
A mille souffrances en proie
Dans le dur chemin d'ici-bas.

Dormir en votre sein jusqu'à l'heure dernière
Où s'évanouira ce monde passager,
Reposer avec vous dans une paix entière :
Tel est le grand sommeil que je veux partager.

(1) Ma volonté est d'être enterré dans le terrain où ma mère a été
nhumée : terrain que j'ai acheté à titre de concession perpétuelle, au
cimetière Saint-Jean d'Orléans.

———————

Une Légende

A Edouard d'Ollendon (1).
6 mars 1877.

D'une jeune Poitevine,
D'une admirable héroïne,
A vous enfant du Poitou,
Homme de cœur avant tout,
Que je raconte l'histoire :
Elle est digne de mémoire.

—

Dans le troisième siècle, au pays d'Aquitaine (2),
Brûlait de sainte ardeur une Gallo-Romaine,
N'ayant pas ses vingt ans, moment de floraison,
De nos jours d'ici-bas la plus belle saison.
Fierté de ses parents, elle avait nom Soline.
Elle était à leurs yeux la rose sans épine ;

(1) Jeune attaché au ministère de l'Instruction publique et des Beaux-Arts, auparavant au cabinet des ministres Batbie, de Fourtou et de Cumont. D'un caractère plein d'aménité, d'une humeur douce et conciliante.
(2) Ce qui plus tard fut la province du Poitou faisait alors partie de l'Aquitaine.

Elle avait la splendeur d'une rare beauté,
La fraîcheur et l'éclat de la virginité.
Sur son teint se voyaient et les lis et les roses
Délicieuses fleurs nouvellement écloses.
Sur ses lèvres brillait le plus vif coloris;
Très-agréablement il se mêlait au ris.
Son regard possédait une douceur charmante;
Son front, la pureté, la fraîcheur séduisante.
Ses blonds cheveux flottaient au gré du doux zéphyr,
Ondoyant sur le col, provoquaient le désir.
En sa personne étaient et la grâce et l'aisance.
Près d'elle on était pris d'une douce plaisance.
Elle avait la jeunesse en toute sa splendeur;
Elle parlait aux sens, elle parlait au cœur.
Chaque jeune païen la voulait pour épouse.
Leurs adorations, Soline les repousse.
Jeune chrétienne, au Christ elle a donné sa foi;
Elle sait seulement son amour et sa loi.
Son penser n'était pas la couche nuptiale :
Dieu, le ciel occupaient son âme virginale.
Ses parents, irrités, cherchaient l'affreux moyen
De l'unir forcément au sensuel païen.
Ils aimaient leurs faux dieux, que détestait Soline.
Elle abhorrait Vénus, Hyménée et Lucine;
Or le jeune païen leur prodiguait l'encens.
Le refus excitait de plus en plus ses sens,
Davantage enflammait son amour impudique.
Les parents contraindront, leur colère l'indique.
Refuser, résister, telle est la volonté
De Soline veillant à sa virginité.

Redoutant ses parents, sa douleur est extrême ;
Elle prend un moyen énergique, suprême ;
En larmes elle fuit loin du toit paternel,
Loin de cette maison, loin du sein maternel ;
Ne craint pas du chemin les ronces, la fatigue.
Elle fuit, elle avance, en courage prodigue.
Dans sa belle Aquitaine elle eût cueilli des fleurs,
En un pays lointain faudra semer des pleurs.
Tel est le sacrifice offert par la chrétienne
Au Dieu crucifié pour qui mourut Etienne.
Après un long chemin, apparaît la cité
Où la Mère du Christ garde la pureté.
Sa course se termine à la ville bénie (1).
Frères, nul des chrétiens ici ne la renie.
Près de chaque chrétienne elle trouve une sœur.
A chacun de ses pas elle rencontre un cœur.
Oh ! pure et sainte joie, elle aime, elle est aimée :
On partage la foi dont elle est animée.
Si l'exil est amer, Soline sait souffrir.
Ses pleurs, Soline à Dieu s'applique à les offrir.
A la lutte du bien on la voit acharnée.
En elle la vertu s'est vraiment incarnée.
Un feu brûle en son cœur, c'est le zèle chrétien :
Feu chaste, pur, ardent, que rien, rien ne retient.
Elle joint la candeur à l'aimable innocence.
A l'expansion vive elle unit la prudence.
Elle invite, elle pousse à la virginité.
Elle montre que rien n'égale sa beauté.

(1) Chartres, où dès lors le culte de la sainte Vierge était déjà grand.

Elle la fait aimer, tant elle y met de charmes.
La prière, la foi, telles étaient ses armes.
Mais il faut le martyre à si grande vertu,
Le martyre sanglant, de tourments revêtu.
Soline était chrétienne, il faut le sacrifice :
Le païen refusé demande son supplice.
L'ardente passion du Carnute hautain
Aux sens avait parlé comme chez l'Aquitain :
Il la veut contenter, ou bien c'est le martyre.
Cruel dans son vouloir, comme il l'est dans son ire,
Il dénonce la vierge au gouverneur romain ;
Il demande sa tête en despote inhumain.
Il se voit dédaigné par la jeune Soline,
Sa passion brutale à la rage confine.
Satisfaire ses sens, sinon il veut la mort :
De Soline il prétend régler ainsi le sort.
La vierge subira sans crainte la torture,
Du culte des faux dieux repoussant l'imposture.
Dans l'horreur d'un cachot, la chrétienne apprendra
Ce que de cruautés son refus lui vaudra.

Sur le sol dur et nu Soline est enchaînée.
Au tribunal bientôt elle sera traînée.
Des païens ameutés elle voit la fureur :
Leurs cris tumultueux la remplissent d'horreur.

Dans la nuit du cachot la tendre et jeune fille
Conserve cependant sa belle âme tranquille.
A Dieu, son créateur, elle sait obéir ;
Elle sait pardonner, le païen peut haïr.

Vainement apparaît l'effroyable supplice :
Elle voit Dieu, le ciel pour prix du sacrifice.
Ah ! les maux d'ici-bas, fugitives douleurs,
Souffrances d'un instant et passagères pleurs,
Que sont-ils, comparés à l'éternelle joie ?
A ces pensers si doux Soline était en proie.
Non, non, ils ne sont rien devant l'éternité,
Où resplendit de Dieu l'ineffable bonté.
Là toutes les splendeurs se trouvent réunies ;
Là sans nuage aucun les clartés infinies.
Félicités du ciel, qui peut vous raconter ?
Votre nombre est si grand, qu'on ne peut le compter.
Malgré le poids des fers, la captive Soline
Se plonge avec ardeur dans l'essence divine.
Le ciel, si désiré, pour elle va s'ouvrir.
Pour sa possession ne saurait-on souffrir ?
Le ciel si souriant à la pensée humaine,
Du repos éternel espérance certaine,
Récompense promise au chrétien généreux ;
Le ciel que Dieu réserve au martyr valeureux !
O mortels, pourquoi donc s'attacher à la terre ?
Tout y passe et périt ; au ciel rien ne s'altère.
Tout est vie et bonheur dans le céleste lieu ;
Le cœur rempli d'amour, on y contemple Dieu.
Le Christ est mon époux, je n'en aurai point d'autre.
Le Christ au fond du cœur me répond : «Je suis vôtre.»
Soline, je le sais, je suis le préféré ;
Sans nul partage à moi votre cœur s'est livré.
Venez, sans plus tarder, aux noces éternelles ;
Venez pour y jouir de délices réelles. »

Écoutez, maintenant, ô ténèbres profondes,
Soline va prier : «Dieu, créateur des mondes,
Vous donnez la pâture au petit de l'oiseau ;
Vous fournissez la séve au fragile roseau ;
Vous revêtez le lis de sa blanche parure ;
Vous prodiguez vos soins à toute la nature ;
Vous mettez une borne à la fureur des flots ;
Vous brisez des méchants les perfides complots ;
En ce présent combat donnez-moi la vaillance ;
J'attends votre secours, je crains la défaillance !
Soutenez, ô mon Dieu, votre faible brebis ;
Regardez-la du haut des célestes parvis.
Non de moi, mais de vous j'espère la victoire.
Sans vous, ô Tout-Puissant, non, rien n'est méritoire.
J'ai vécu dix-huit ans dans la virginité ;
Par votre grâce, en moi préservez sa beauté.
Oh ! ne permettez pas que Soline fléchisse,
Que toujours à sa foi Soline réfléchisse.»

Elle achevait ces mots, elle entend les verrous ;
Du proconsul il faut affronter le courroux.

Quittez ce noir cachot ; chaste vierge, venez :
Les élans de l'amour, oui, vous les comprenez.
Les élans d'un cœur pur vont avec le martyre ;
Et, licites et beaux, ils sont un saint délire.
C'est ainsi que Soline a, malgré sa douleur,
Un pieux avant-goût de l'éternel bonheur.

Près d'elle est le geôlier ; il parle, point de trêve ;
La chrétienne, à sa voix, obéit et se lève,

Avance d'un pas ferme au milieu des licteurs.
Sa beauté les émeut, affligés spectateurs.
Près de monter au ciel, son âme pure et belle
Rayonnait sur son front. « C'est plus qu'une mortelle,
Murmuraient les païens, en maudissant la loi
Qui contraignait le juge à condamner sa foi.
On ne la verra pas sacrifier aux dieux ;
Sa main refusera cet encens odieux ;
Le juge, ému, touché, perfidement l'engage :
Elle n'écoute pas l'astucieux langage.
« Juge, mon corps à vous, mais à Dieu seul mon âme ;
J'aspire après lui seul, seul il aura ma flamme.

— Allez à votre Dieu, mais allez à la mort :
Vous n'éviterez pas cet effroyable sort. »

Soline sut entrer vaillamment dans la lice,
De même elle s'avance à ce dernier supplice.
Elle tend au bourreau, sans peur, son cou d'albâtre :
« Ne crains pas de frapper de ton glaive idolâtre. »
La tête tombe à terre, et l'âme vole à Dieu.
Païens, voyez le ciel, trois fois saint est ce lieu.
Votre glaive l'ouvrit à la jeune Aquitaine,
A l'égard de vos dieux si saintement hautaine.
Elle vit de l'amour, puisant au feu divin
Cet aliment du cœur en l'éternel festin.
Elle a vaincu la chair, elle a vaincu le monde ;
De bonheur et d'amour Dieu sans cesse l'inonde,
La félicité vraie est de voir et d'aimer,
En présence du beau de toujours s'enflammer.

Libre des liens du temps, libre de la souffrance,
Soline aime et voit Dieu, le voit dans son essence.
A la suite du Christ par sa virginité,
Il ne manque plus rien à sa félicité.
Le splendide reflet de l'essence divine
Projette son éclat, sans cesse l'illumine.
Auréole des saints, la lumière de Dieu
Ne connaît point de nuit dans le céleste lieu.
Soline unit son chant avec celui des anges,
Harmonieux concert d'ineffables louanges.
« Au Christ gloire, hosanna, triomphe, amour sans fin, »
Aime à dire Soline avec le séraphin.
Les siècles ont passé, sans tarir ces délices,
Récompense à jamais de chrétiens sacrifices.

L'Assomption de la Vierge.

A mon cousin Alphonse Amy, président du tribunal de Pro-
vins (Seine-et-Marne).
25 août 1877.

Ensemble nous vîmes l'enfance,
Sa douce et trompeuse espérance.
Depuis nous avons cheminé,
Et bientôt sera terminé
Le dur voyage de la vie,
Où plus d'une chose convie.
On marche d'une illusion
A plus d'une déception.
On pleure sur plus d'une tombe.
Car l'un après l'autre on y tombe
   Oui, pleurer et souffrir,
   Et ensuite mourir.

Je te livre cette pensée,
Amère à l'âme, mais sensée.
En mes peines et ma douleur
J'ai tâché d'avoir force et cœur.
Mon dernier chant est pour Marie,
Soutien de celui qui la prie.
Ecoute un suave récit,
De mes vers le dernier écrit.

—

Douze hommes, les élus de Dieu ;
  En un solitaire lieu
Embelli par les fleurs et l'onde,
  Éloignés des bruits du monde,
Dans la même pensée unis,
  S'étaient soudain réunis ;
Se tenaient près d'un tombeau vide,
  Des pleurs de l'aurore humide,
De lis, de roses parsemé,
  De leur odeur parfumé.
Régnaient le secret, le silence :
  Un pieux soupir s'élance
De leurs cœurs froissés, attendris.
  Ils sont grandement surpris,
Au lieu d'un corps, de voir des roses,
  Des lis, et point d'autres choses.
Un miracle s'est-il produit
  Dans les ombres de la nuit ?
Sur cela leur penser varie.
  Quoi donc ! la Vierge Marie
A-t-elle, prodige nouveau,
  Brisé les liens du tombeau ?
Ils scrutent la tombe ; elle est nue
  Ils regardent vers la nue.
Ils voient un nuage brillant
  Et l'azur étincelant.
Ils voient cela, rien davantage :
  Ignorer est leur partage ;
D'un œil inquiet, curieux
  Regardent en vain les cieux.

Cependant, ô prodige étrange !
  Prodige qui surprend l'ange :
Dessus le nuage éclatant,
  Dans un cortége brillant,
Apparaît, de gloire vêtue,
  Celle entre toutes élue ;
Elle s'en va vers le séjour
  Où l'on s'enivre d'amour,
Considérez, quel beau prélude !
  Sur son front la quiétude ;
Le calme, la paix en son cœur.
  Elle va vers le vainqueur
Qui de son sang l'a rachetée :
  En triomphe elle est portée.
Elle a su comme lui souffrir :
  Elle voit le ciel s'ouvrir.
Là point de bonheur éphémère,
  Rien n'y périt, ne s'altère ;
On est dans la félicité,
  Et c'est pour l'éternité.
Montez, montez, Vierge très-sainte ;
  Que votre tête soit ceinte
Et du diadème royal
  Et du bandeau virginal.
Des anges recevez l'hommage,
  Régner est votre partage.
Reine du céleste Thabor,
  A vous est le sceptre d'or ;
A vous appartient la couronne,
  La gloire qui l'environne.

Les liens de la mort sont brisés,
  Les combats du cœur cessés.
La mort ne vous fut pas amère,
  Vers le Fils allait la Mère.
Votre cœur a besoin d'aimer,
  Dans l'amour de s'abîmer.
Il y cherche, y trouve sa vie.
  D'aimer mieux tous il défie.
Aucun ne l'égale en amour.
  Lisez dedans, alentour :
Élan, tendresse, sacrifice,
  De l'amour tout est l'indice.
Marie aimait, aimait en Mère :
  Que l'absence fut amère !
Son Fils, elle va le revoir,
  'Au ciel va la recevoir]:
Son cœur se dilate, s'enflamme...
  Son Fils, l'âme de son âme !!!
Son regard est vers le séjour
  Où réside son amour.
Entrez, Mère, entrez, Vierge sainte,
  Reine, entrez de gloire ceinte.
Au seuil du céleste parvis,
  Là vous attend votre Fils.
Les saints, les anges l'environnent ;
  A votre vue ils s'étonnent.
Quelle est cette douce lueur
  Qui se mêle à la splendeur ?
Quelle monte ainsi de la terre ?
  Qui dira ce grand mystère ?

En son sein est la pureté;
  En son âme est la beauté.
Humble comme la fleur sous l'herbe,
  Vierge, elle berça le Verbe.
Salut à sa maternité,
  Jointe à sa virginité.
Le péché ne fut point en elle
  Elle est belle, toute belle.
Anges du ciel, inclinez-vous,
  Elle règne sur vous tous.
Elle a reçu du Christ lui-même
  Le sceptre, le diadème;
Qu'elle commande en souveraine;
  De vous, de nous elle est reine.
Au trône le Christ la conduit.
  Avec pompe il la produit
Au milieu des saints et des anges,
  Eux, ses brillantes phalanges.
Après les larmes, la douleur,
  Tel est du ciel le bonheur.
Le repos est douce pensée
  A l'âme humaine lassée;
La Vierge dans l'éternité
  A cette félicité.
Sur la terre elle eut la fatigue,
  De sacrifice prodigue.
Avec calme elle a su souffrir,
  Ne cessant d'être admirable,
Avec calme elle sut mourir,
  Encore ici délectable.

En paix elle sait jouir,

Vous régnez, ô Vierge Marie ;
Écoutez celui qui vous prie,
Vous êtes espoir, douceur
A l'âme dans la douleur.
Vous connaissez les maux de notre terre,
Des grands combats du cœur tout le mystère,
Ce qu'ils ont de cruel,
Sacrifice réel.
Ah ! je gémis, enfant d'Eve ;
De mon âme un cri s'élève ;
A vos pieds il vient expirer :
Car en vous l'homme d'espérer.
Vous avez combattu
Avec force et vertu :
De la céleste demeure,
Où vous triomphez à cette heure,
Jetez un regard sur moi ;
J'ai confiance et foi.
Oh ! la lutte présente
Est coûteuse, pesante ;
Soyez maintenant mon confort.
Soyez-le sur mon lit de mort.
Après les peines de la vie,
Que je vous retrouve, ô Marie.

Epigraphe

en tête de l'exemplaire de mes *poésies* offert à M. Eu-
gène Caillaux, ministre des finances, ami de longue date.

Le flot du temps, rien de plus lamentable,
Emporte tout, ravageur effroyable;
De notre cœur du moins qu'il ait pitié,
Qu'il ait respect de sa vieille amitié.

———

EXCURSION A CHARTRES ET A MAINTENON

LE 5 JUIN 1859

Je l'ai publiée dans *le Messager de la Beauce et du Perche*, numéro du 16 juillet 1859. Je la donne ici comme complément de mes poésies.

La fleur, la jeunesse, l'onde pure sous de frais ombrages sont trois choses que partout et toujours on a aimées ; elles sont *pleines d'images et d'harmonies*, pour me servir d'une expression de Chateaubriand ; *il n'y a rien de plus poétique* (René). *La jeunesse est le printemps de la beauté. Le front du jeune homme est le resplendissement du front de Dieu, et il est impossible de voir une âme vierge sur un visage pur sans être ému d'une sympathie qui contient de la tendresse et du respect :* admirables paroles que le R. P. Lacordaire laissa tomber de la chaire de Toulouse, ne cessant d'être radieux dans son style et dans sa pensée (2ᵉ conférence sur la vie des passions). C'était de cette jeunesse que je m'en allais entouré à Notre-Dame de Chartres. La fleur n'est pas plus belle, l'onde plus délicieuse. Aurore de la vie de l'homme,

la jeunesse a la douceur, la fraîcheur, l'éclat des premières lueurs d'un jour d'été. L'âme se repose en la
contemplant; le cœur s'émeut et aime. Il y a, en effet,
du poétique dans le jeune homme ; ses ardeurs, son
élan de pensée, sa générosité de sentiments, sa séré-
nité devant l'avenir, son insouciance du lendemain,
ses impétuosités d'âme et de cœur ont un charme
lyrique.

Nous étions soixante-dix-huit. Une magnifique
journée de printemps commençait, une superbe soirée
devait la finir. L'administration du chemin de fer de
l'Ouest nous avait accordé trajet à moitié prix et avait
mis deux wagons à notre disposition. Chacun y prit
place à sa volonté, content du voyage, joyeux d'une
journée agréablement passée. Jusqu'à Versailles le
pays était connu à peu près par tous ; cependant les
villas de la route et leurs frais parterres, artistement
dessinés, émouvaient les cœurs. Leurs petits ombrages
rappelaient les délices de la campagne, où l'on respire
un air plus frais, plus salubre, avec la liberté. La
liberté, elle dilate le poumon du jeune homme ; elle
est une chose sainte, quand elle n'est pas un abus.
Lorsqu'elle est un abus, elle est la prostituée qui
a ôté les grâces à son visage de jeune fille ; elle
est la licence. Nous avancions toujours ; bientôt nous
fûmes en face de Saint-Cyr. Un long convoi station-
nait sur la route ; il était occupé par des élèves mili-
taires de ce lieu, jeunes gens bruyants, impétueux, à
teint fleuri, annonçant dans le regard et dans la tenue
ces fiers enfants de la France sur le champ de bataille.

Deux jeunesses étaient en présense et se saluaient : elles étaient l'avenir tout entier. Nous étions le passé, nous, quelques hommes vieillis aux tempêtes des révolutions et aux orages de la vie. Nous avions l'expérience ; eux, jeunes gens, avaient l'espérance et la confiance, dernière chose qui manque souvent à ceux qui ont vu. La rencontre était fortuite, elle était heureuse. C'est ainsi que sur les chemins de la vie on se voit et que l'on se perd bientôt de vue ; à peine s'il reste un souvenir. Le temps emporte tout, la jeunesse, l'amitié, la tristesse et la joie : l'oubli est au fond de chaque chose.

Rambouillet rappela un fait historique à nos jeunes gens : la chute de la branche aînée des Bourbons. Ils n'en avaient pas été les spectateurs, ils n'étaient pas ; ils n'avaient qu'une idée affaiblie des luttes avant, des émeutes après : leur pensée était toute pleine des commotions de leur époque ; c'était au milieu des joies de l'enfance qu'ils avaient vu la révolution de Février. Des hommes maintenant, ils se préparaient à être acteurs dans les luttes de la politique et de la vie. Ils avaient toute l'ardeur que nous avions dépensée en accumulant les années et les déceptions ; ils se disposaient au combat et nous commandaient le repos. Nous sentions que celui-ci nous était une nécessité, car nous sentions nos fronts découronnés de la jeunesse et notre cœur fatigué de la lutte. Un moment d'arrêt à Rambouillet, où mourut François Ier, où abdiqua Charles X, redonna l'ardeur à nos jeunes gens. Maintenon fut salué comme un lieu qu'on

devait revoir. Les ombrages de la vallée de l'Eure aver-
tissaient favorablement de l'approche de Chartres. A
10 heures 20 minutes, nous y étions. Le contentement
rayonnait sur tous les visages. On était venu au-devant
de nous; un accueil empressé nous était fait. Chrétiens
par l'éducation et par le cœur, nous venions à la
crypte, célèbre même au temps des Druides. Sous ses
voûtes humides resplendissaient de nombreuses lumières. Elles éclairaient les peintures murales imitées
du moyen âge, l'autel, sévère comme l'autel du
ɪɪᵉ siècle, la vierge grossièrement travaillée (1), mais
pleine du sentiment religieux, l'Enfant Jésus sur ses
genoux, images parfaites l'un et l'autre de la foi qui
ne raisonnait pas, mais acceptait humblement tout,
pensant que la raison gâte le mystère, sans en dissi-
per les nuages. Lorsqu'on peut apporter la simplicité
du cœur en fait de croyance, on est plus heureux.
Quand on appelle l'esprit, on a des luttes, qui finissent
souvent par la plus grande des misères, la négation.
Il n'y a pas de vide plus immense et plus effroyable
que l'absence de toute croyance. Nous sommes faits
pour la foi, car le mystère nous entoure.

Ces ténèbres dissipées par des lumières avaient
quelque chose de singulièrement religieux ; toutes nos
âmes en furent saisies. L'ardeur de la jeunesse était
agenouillée ; je disais la messe, et je demandai avec
effusion de cœur que cette ardeur se dépensât bien,
car je me sentais uni à tous ces jeunes gens par les

(1) On s'est appliqué à reproduire l'ancienne statue, brûlée
en 1793.

liens d'une sympathie qui contenait de la tendresse et du respect, pour parler comme le père Lacordaire. Je demandais toutes les prospérités et cette foi qui régénère sans cesse l'âme et la maintient digne de Dieu : car les charmes de la jeunesse sollicitent le bonheur. Le malheur, je voudrais le tenir éloigné du jeune homme, parce qu'en voyant la tristesse sur son front tout paré de beauté et d'éclat, je me sens douloureusement impressionné. A nous autres la souffrance, qui avons les mélancolies de l'automne, où chaque instant emporte une feuille pour ne laisser bientôt plus qu'un arbre dépouillé, mais qui ne reverra pas le printemps; car lorsque l'homme a été privé de sa vigueur, il ne reverdit plus, selon la belle et mélancolique parole de Job (ch. XIV).

Entouré de ces jeunes gens pleins d'avenir, d'instruction et d'intelligence, aux pieds de la Vierge, dans une crypte vénérée par tant de générations et qui avait vu les jeunes ardeurs des temps passés et depuis des siècles éteintes sous les cendres du tombeau, j'étais profondément ému; ce jour comptait comme un jour spécial dans mon existence; je le fus surtout lorsque ces voix, mâles, graves et pieuses, entonnèrent le cantique *Triomphes Reine des cieux*. Il y avait de la foi dans leurs accents, de la chaleur dans leurs cœurs, du dévouement dans leur pensée, la lutte étant engagée contre eux-mêmes, lutte sublime autant qu'héroïque, autant difficile que glorieuse. Ils rendaient hommage à la Vierge, lis de toute pureté, source de toute tendresse, refuge de toute vertu. Son secours ne leur fera

pas défaut; ils aimeront à la rencontrer plus d'une fois
dans les circonstances difficiles de leur vie; son souvenir sera toujours un doux souvenir, comme l'est au
fils le souvenir de sa mère. L'homme a besoin du
ciel plus qu'on ne pense ; il lui est agréable que la religion lui fournisse à travers sa marche en ce monde
une tendresse dont il a connu l'extrême suavité dès ses
plus jeunes ans sur le sein de celle qui le porta dans
ses entrailles et lui donna la vie. Cette tendresse, il
la conçoit difficilement dans le cœur de Dieu, il la comprend sans peine dans celui de Marie; car elle est
une femme et une mère.

Les dévouements des jeunes gens sont agréables,
parce qu'on sait qu'ils sont tout chaleureux. Le cœur
se donne sans réserve à cette époque de la vie, il ne
calcule pas comme dans l'âge plus mûr. Aussi l'élan de
mes jeunes compagnons de voyage dans la crypte de
Chartres m'impressionna fortement, en sorte qu'arrivé à l'âge où l'espérance n'est plus, je la sentis re-
naître en moi. Leurs pieux et généreux accents resteront en ma mémoire, et, si Dieu me donne assez de
vie pour voir la glace des hivers de l'homme, ils seront
ma joie dans ces jours attristés, après avoir été une
espérance.

On nous fit vénérer la relique. Chacun y vint pieusement accoler ses lèvres et examiner le beau reliquaire
du xiii⁰ siècle qui la renferme.

Nous visitâmes l'évêché. J'en fis les honneurs
l'évêque était absent. Le prélat eût été heureux de voir
les étudiants de Paris l'entourer de leurs respects,

parce qu'il sait que lorsqu'on vénère le prêtre, on
donne à Dieu un témoignage de sa foi. Celui qui maudit le prêtre a commencé par chasser Dieu de son
cœur. Voilà pourquoi je m'afflige de l'insulte, pourquoi
je me réjouis du respect. Si l'on ne s'attaquait qu'à
l'homme dans le prêtre, j'en aurais moins de tristesse. L'homme cependant mérite des égards, car il
est notre semblable par nature, s'il ne l'est pas par position, dernière chose qui n'est qu'un accident nécessité par l'état social lui-même.

Le portrait du vieil évêque défunt était appendu
dans le salon. Malgré les ravages exercés par l'âge,
on voit encore sur cette figure l'homme d'intelligence
et de lutte. Constant dans ses principes et fidèle, il les
a soutenus vigoureusement. En cela, je trouve son
éloge. Des convictions sincères demandent de l'énergie,
ce n'est qu'à ce prix qu'on peut être une grande âme.
Les âmes vulgaires plient à tout vent; elles s'étudient
à accommoder leurs convictions aux circonstances :
c'est de l'habileté, ce n'est pas de la grandeur. Cette
figure me rappelait les nobles luttes de 1840. On a dit
qu'il y avait eu excès; je ne veux pas le contester.
Cela fut dû à la vive et brillante imagination de
Mgr Clauzel de Montals. L'imagination nous conduit
souvent plus loin que nous ne voulons; il faut savoir
lui pardonner.

Après la visite du palais épiscopal et de sa belle
terrasse, alors en mauvais état malgré ses magnifiques
ombrages, nous nous réunîmes à l'hôtel du duc de
Chartres pour déjeuner. La gaîté fut le meilleur du

repas. On visita ensuite la cathédrale dans tous ses détails. Nos jeunes visiteurs admirèrent la sévère et magnifique ordonnance des arcades, le gracieux élancement des colonnettes, les vives couleurs des vitraux, leurs charmants médaillons, leurs grands saints, raides dans leur pose, fixes dans leur regard, le sombre imposant de la nef et des latéraux, le délicat travail du tour du chœur, clôture dentelée, ouvragée, du xvi⁰ siècle, les·délicieuses arabesques qui la décorent, le beau groupe de l'Assomption, en marbre de Carrare, la Vierge, les pieds appuyés sur les nuages soutenus par les anges, le regard vers le ciel, les bras tendus vers cette patrie des saints, aspirant à revoir son Fils dans la gloire et le triomphe.

Nous entrâmes dans la sacristie, en rapport d'architecture avec l'édifice. Le curé, l'abbé Brière, nous fit un bienveillant accueil et se montra un conteur plein d'esprit.

Les préposés pour la visite des clochers ne mirent pas la même grâce; je tiens à le consigner ici, ne fût-ce que comme une leçon. La fabrique exige un prix assez élevé pour que les visiteurs aient droit à être conduits dans les deux clochers, dignes tous les deux d'être vus, différents d'architecture, mais l'un et l'autre une merveille d'art et de construction, surtout le vieux clocher, à vide à partir de la base de la flèche.

Les deux porches s'attirèrent également l'attention de nos jeunes voyageurs. La façade occidentale leur plut moins : elle a, en effet, de la crudité dans le sévère de ses proportions.

Nous allâmes ensuite à St-Pierre. J'avais des préventions contre la restauration de la chapelle de la Vierge, je vis avec plaisir qu'elle serait bien exécutée. Les émaux des douze apôtres, œuvre de Léonard Limousin, n'y étaient plus : je pensai qu'on saurait leur trouver une place. En dépouiller l'église St-Pierre serait déplorable, bien qu'ils ne soient pas de la date du monument. Cette église était arrivée à avoir besoin d'une restauration complète.

Ce fut par les promenades que nous revînmes au chemin de fer. Elles sont l'agrément de la ville; les étrangers eux-mêmes les trouvent belles. Nous vîmes, en passant, la porte Guillaume, œuvre du xve siècle, et que l'insouciance du xixe a laissé mutiler. Certes, on peut reprocher aux hommes d'être souvent plus destructeurs que le temps. Que de ruines ils ont accumulées ! On excuse l'action du temps, on ne peut excuser celle des hommes.

Nous apprîmes à la gare la victoire de Magenta. Elle recommençait en Italie les gloires du premier empire. La valeur française ne se démentait pas. Elle est de bien vieille date, puisqu'elle remonte à Clovis et à ses Francs. Ce qu'il y a de glorieux pour la France, c'est qu'à côté de l'ardeur guerrière, nous avons la générosité de l'âme.

A quatre heures et demie, nous étions à Maintenon.

Le curé et le vicaire nous attendaient à la gare, venant nous donner la preuve d'une cordiale réception Aussi nous n'eûmes point à leur dire ce qu'Othello dit à Desdémona dans Shakspeare, et ce qui est commun de nos jours :

A liberal hand! The hearts, of old, gave hands : But our new heraldry is-hands, not hearts. (Act. III, sc. IV.)

« Une main libérale! Autrefois c'était le cœur qui » donnait la main; maintenant dans notre blason » moderne, des mains, plus de cœur. »

Ce fut à travers le parc que ces messieurs nous conduisirent à l'église. Les arcades de l'aqueduc, dans leur majestueuse suite, rappellent des ruines romaines au milieu d'une villa : émouvant souvenir. Des arbres en interrompent la file et ne leur donnent ainsi que plus d'enchantement. Une riche nature se déployait devant nous, œuvre de Dieu; des cintres dégradés, découronnés s'élevaient avec hardiesse, œuvre de l'homme. L'ouvrage de Dieu se rajeunit chaque année, tandis qu'à chaque instant l'ouvrage de l'homme dépérit; et l'homme, vite emporté, n'a pas au moins l'avantage de vivre autant que ses œuvres. La jeune troupe admirait, elle avait sous les yeux une page du grand siècle. Elle trouvait une folie dans cette orgueilleuse puissance qui accumulait les dépenses avec les pierres et qui n'épargnait pas la sueur et les fatigues de ses soldats pour avoir un peu d'eau dans sa royale demeure. Cependant cet aqueduc accuse une grande pensée, telle qu'elle était au XVII⁰ siècle : le génie du peuple-roi y revit. Cette immense constrution occupe 974 mètres de longueur. Le nombre des arcades est de 48; leur élévation est de 23 mètres 33 centimètres, et elles ont 13 mètres d'ouverture. C'est un gigantesque travail. Il fut commencé en 1684.

L'Eure promène lentement ses eaux à travers le parc et y reçoit celles de la Voise. De beaux arbres procurent de frais ombrages, et des pelouses un doux repos.

Nous nous rendîmes à l'église, où nous chantâmes quelques psaumes et l'hymne à la Vierge *Ave maris stella*. La gravité du chant annonçait la piété des cœurs. Ceci faisait plaisir : car la piété est le parfum des actes religieux. Que sont-ils sans elle ? De nulle valeur. Il y a dans l'*Ave maris stella* une grande beauté de sentiments ; c'est l'épanchement de l'âme chrétienne dans le sein de la Vierge.

Après ce devoir du chrétien au jour du dimanche, le curé eut la bonté de nous conduire dans une propriété particulière, où un parc et les eaux de l'Eure témoignaient de l'agrément de la demeure. De là nous nous rendîmes au château. M. le duc de Noailles avait donné des ordres pour qu'il nous fût ouvert. Nous le visitâmes dans toutes ses parties, en commençant par la superbe galerie des de Noailles, où l'on rencontre certaines illustrations. Mme de Maintenon y apparaît avec sa nièce, qui fit passer dans la famille de Noailles le magnifique don de Louis XIV à la veuve Scarron, Françoise d'Aubigné. On nous montra la chambre à coucher de cette femme devenue l'épouse du grand roi ; ses portraits comme veuve Scarron, comme gouvernante des enfants de Mme de Montespan, comme dame de Maintenon, sa chaise à porteur. Le lit est

riche. Charles X y a couché lors de son départ pour
l'exil. Ce souvenir récent remémorait l'instabilité des
grandeurs humaines, dont l'éclat cependant nous
éblouit toujours. Chacun fut curieux de voir la petite
chapelle où fut célébré le mariage de Louis XIV avec
Mme de Maintenon. D'autres le mettent dans la
chapelle de Versailles. Cela se fit le plus secrètement
possible, afin de ménager la fierté du monarque, qui
rougissait d'une épouse et n'avait pas eu honte de ses
maîtresses. Il fit, par cette effronterie publiquement
affichée, une cour dissolue, et prépara ainsi, sous son
successeur, une cour railleuse et sceptique. Son règne,
qui a été grand, on ne peut le contester, a ouvert la
porte à la révolution, châtiment de Dieu, qui punit les
hommes par leurs propres passions.

Maintenon devint un marquisat.

Le château fut construit sous Philippe Auguste, et
rebâti en grande partie sous Louis XI et Charles VIII,
par Jean Cottéreau. L'Eure en baigne le pied.

La visite du château terminée, nous eûmes la pleine
jouissance du parc; nous pûmes y goûter les délices
et les charmes de la campagne, chose précieuse pour
des Parisiens et des étudiants. Chacun en profita à sa
guise, les uns en s'étendant sur l'herbe, les autres en
voguant sur les eaux, d'autres en parcourant les diverses allées, quelques-uns en allant visiter un dolmen,
près de la ferme de la Folie, à plus d'un kilomètre du
château, à quelques mètres du parc. Je fus du nombre
de ces derniers. L'archéologue attache une grande
importance à ces pierres que le paysan beauceron

appelle palets de Gargantua, et même un caillou qui le gênait dans son soulier. Ce dolmen est un menhir ou peulvan, en grès dur, haut de 2 mètres et demi, épais d'un demi-mètre. Il est connu sous le nom de *pierre-fitte.*

A sept heures, une longue table dressée sous les grands ormes du parc, auprès de la chapelle Saint-Nicolas, construite en 1521 par Jean Cottereau, nous réunit 80 convives. Chacun se plaça à sa fantaisie. Je me mis à côté d'un aimable et spirituel jeune homme, M. Deschamps. Le service se fit à merveille Toutes les figures paraissaient heureuses et contentes. C'était un beau coup d'œil que toutes ces jeunes têtes, que ces frais visages, ces barbes naissantes et déjà amplement fournies, ces moustaches noble témoignage de la virilité : le printemps de l'homme se joignait au printemps de la nature sous un feuillage qui possédait encore toute sa fraîcheur. La sage gaîté, qui régnait partout, achevait le ravissant coup d'œil. La pureté de l'âme étincelait sur les figures; elle donne aux jeunes traits une fleur exquise ; ce qui attire la sympathie, la tendresse, le respect, selon l'expression du P. Lacordaire. Si nous eussions eu ce célèbre dominicain au milieu de nous, il eût pu jouir de ces douces émotions et aimer encore une fois de plus la jeunesse dans ces jeunes gens.

Avant neuf heures tout était fini. Notre président avait porté différents toasts, je chargeai M. Deschamps de lui en porter un. Le curé de Maintenon nous dit le bénédicité et les grâces, prières qui donnent aux repas quelque chose de patriarcal, de poétique et de divin :

11.

lorsque les cœurs vont à Dieu, il est certain que le ciel
est rapproché de la terre et que l'homme apparait dans
toute la grandeur de son être.

On se dispersa dans le parc, afin d'aller rejoindre le
chemin de fer.

A neuf heures et demie, nous étions emportés vers
Paris. On proposa le chant du *Magnificat*. On le chanta
avec la solennité de l'*Ave maris stella* et du cantique
Triomphez Reine des cieux. Les cœurs allaient à Marie
avec allégresse et bonheur. Le *Magnificat* est l'exalta-
tion de l'humilité et du petit; il montre combien Dieu
repousse l'orgueil et la vaine pompe des grandeurs
humaines, source de fierté et de dédain. L'homme, au
reste, n'est réellement grand que par l'humilité du
cœur et la dignité du sentiment. S'il ne les a pas, il
peut être couvert de pourpre et d'or, il n'en est pas
moins petit et méprisable.

Le chant qui exalte la puissance de Dieu faisant de
grandes choses dans ce qui est petit et vil selon le monde
nous conduisit jusqu'à Epernon. Passé ce lieu, on de-
manda l'*Inviolata*, une des plus belles prières adressées
à la Vierge après le *Sub tuum:* « Que nos cœurs et nos
» corps soient purs, c'est maintenant ce que nos cœurs
» dévots et nos bouches sollicitent près de vous : ob-
» tenez-nous-le par vos prières continuelles. » Cette
prière dans la bouche d'un jeune homme et partant
de son cœur est la plus émouvante, la plus délicieuse
prière, car c'est dans le moment où l'activité des sens,
de l'imagination et de l'intelligence bouleverse tout en
l'homme et entraîne à de trompeuses jouissances.

Contre la faiblesse de notre cœur et la violence de notre chair il faut la force d'en haut. La main seule de Dieu peut arrêter l'impétuosité de la nature. Ceci même donne dans la bouche du jeune homme à la prière que je viens de citer un charme particulier, suave et tendre accent d'une âme chrétienne qui sent la lutte et veut la victoire. L'homme est à tant de combats en ce monde, que, s'il y veut faire attention, il est obligé d'élever souvent son âme et son cœur vers Dieu. L'un et l'autre souffrent en bien des manières. La prière n'est donc pas une simple cérémonie du culte. Elle ne doit pas être abondante en paroles, selon la prescription elle-même du Sauveur, parce qu'elle est avant tout et qu'elle doit être surtout un élan du cœur. Le cœur agit par de vives et fortes aspirations; un seul de ses mouvements en dit plus que des milliers de paroles, phrases sonores où il y a plus d'imagination que de sentiment réel, où l'on dépense beaucoup de mots pour dire peu de chose.

L'élan pieux du cœur satisfait, nos jeunes gens se livrèrent à des conversations où le charme de l'esprit se mêlait à la gaîté de la jeunesse; le savoir-vivre de la bonne éducation y apportait son agrément. Rien de plus déplaisant que la grossièreté ou le débraillé des formes. La grossièreté dépare la vertu elle-même et la piété.

L'excursion du 5 juin fut donc une agréable promenade d'étudiants bien élevés, qui cherchent un moment de relâche aux études sérieuses de la semaine. L'esprit en a besoin, car une tension continue absorberait l'énergie de ses forces intellectuelles, de même que le plaisir où le corps se fatigue et où le sang s'échauffe, amoindrit ces mêmes forces et va jusqu'à les détruire.

Les illuminations pour la victoire de Magenta éclairèrent notre rentrée à Paris.

J'ajoute à ce récit l'allocution que j'adressai dans la crypte à mes jeunes compagnons :

Messieurs,

Je vais dire la messe pour les membres du Cercle catholique ; je vais demander à Dieu qu'il daigne répandre sur eux et particulièrement sur vous, membres qui êtes ici présents, ses grâces et ses bénédictions. Je vais prier ce Père des miséricordes de rendre vos études prospères, de vous ouvrir une carrière honorable, de vous préparer un établissement avantageux, d'augmenter de plus en plus en vous le sentiment chrétien, le seul qui puisse faire ici-bas l'homme bon et parfait autant que la fragilité humaine le comporte. Je suis heureux, Messieurs et jeunes frères, permettez cette expression à mon cœur, je suis heureux de payer ainsi les douces et délicieuses sympathies que je recueille chaque jour au milieu de vous. J'ai besoin

de vous l'avouer, ç'a été pour moi un bonheur de
sentir et de goûter au Cercle le parfum d'une éducation
chrétienne, jointe à la générosité d'âme, laquelle,
d'ailleurs, est le propre des jeunes gens : oui, laissez-
moi vous le dire ici, en cette crypte où tant de nos
pères sont venus prier.

Nos pères, Messieurs, vous les imitez aujourd'hui ; ils
avaient le cœur chaleureux pour la Vierge, vous l'avez
tout autant qu'ils l'eurent. Aux pieds de Notre-Dame
de Chartres, vous apportez foi, amour et confiance :
soyez-en bénis. Son nom vous est doux comme celui
d'une mère. A ce dernier nom, vos cœurs s'émeuvent :
c'est qu'il n'y a rien qui l'égale, car dans le sein d'une
mère sont des tendresses inénarrables ; elles sont
inaltérables et les plus sûres : l'amour d'une mère ne
fait jamais défaut au fils. Que vos cœurs chrétiens
aiment donc la très-sainte Vierge, comme vos cœurs
d'hommes aiment celle qui vous a portés dans ses entrailles, vous a donné sa substance et la vie, y a joint
ses plus chères et ses plus tendres affections.

Je me plais, Messieurs, à vous confier à Notre-Dame
de Chartres, puisque je n'ai aucun doute qu'elle vous
conduira heureusement au port, jeunes nautoniers
sur l'orageux océan de la vie, océan si plein de
dangers et d'écueils. Ceci est le souhait le plus vif de
mon cœur, qui vous aime, la demande la plus ardente
que je vais adresser à Dieu par les mérites de la
divine victime et par l'intercession de la très-sainte
Vierge.

Hier au soir on me demandait encore quelle était

l'origine de cette crypte. Son origine va se perdre
dans l'antiquité druidique. Les Druides avaient fait de
cette crypte un lieu sacré. La tradition porte que c'était
en l'honneur de la Vierge ou d'une vierge qui devait
enfanter : je ne réponds pas du fait. Ce qui est certain, c'est que dès l'établissement du Christianisme
dans le pays des Carnutes ce lieu souterrain fut con-
sacré à la sainte Mère du Sauveur. Ce qui est certain,
c'est que les générations se sont succédé, venant y
vénérer et implorer la Vierge-Mère. Ce qui est certain,
c'est qu'en ce lieu beaucoup de grâces ont été obtenues.
Ce qui est certain, c'est qu'à l'époque désastreuse de
la tourmente révolutionnaire cette crypte fut dévastée :
on ne la respecta pas plus qu'on ne respecta les autres
choses. Ce qui est certain, c'est que le pieux évêque
qui gouverne actuellement le diocèse de Chartres
s'est empressé de rétablir cette crypte. Tout ceci,
Messieurs, est bien propre à émouvoir et à exciter
une pieuse confiance et une tendre dévotion. Que ce
soit là, en ce moment, l'état de vos âmes.

FABLES

Je les composai en 1828, pour mon neveu Emile Fauchon,
enfant alors de 7 ans (né le 28 septembre 1821, mort le
4 juin 1866).
C'est mon premier essai littéraire, à l'achèvement de mes
études. Je l'offre pour ce qu'il vaut.

FABLE PREMIÈRE

Le Hibou.

Il y a longtemps, le hibou était si dédaigneux et
d'humeur si chagrine que nul des autres oiseaux ne
pouvait vivre avec lui : aussi, dès qu'il se rendait en
quelque assemblée, on le huait; l'un lui arrachait une
plume, l'autre lui donnait un coup de bec, de telle
sorte qu'il fut bientôt réduit à vivre seul, et même à
ne plus sortir que la nuit. Qu'arriva-t-il ? Que ses yeux,
accoutumés aux ténèbres, ne purent plus supporter la
lumière et qu'il devint un oiseau sinistre, dont on
avait horreur.

Que signifie ceci ? Que tout le monde fuit un enfant
d'un mauvais caractère.

FABLE II

L'Abeille et la Poire.

Une abeille des plus jolies, après avoir voltigé de
fleur en fleur, s'arrêta sur une poire, dont la couleur
vermeille eût fait envie au plus dédaigneux. La chétive
pécore était un peu gourmande, un peu pour ne pas
dire beaucoup, jugez si la poire était en grand danger.
Notre abeille en parcourt les dimensions, en admire
le beau contour; sa joie est extrême, voilà un friand
repas. Elle fait une brèche, puis deux, puis trois;
creuse, creuse, si bien qu'elle crève, trop pleine du
mets sucré.

Tout gourmand reçoit tôt ou tard sa punition.

FABLE III

Le Renard allant en pèlerinage.

Qui fait mal, mes enfants, ne demeure pas impuni :
compère Renard nous en est un exemple. Un jour, le
rusé allait, dit-on, en pèlerinage : je veux bien le croire,
quoique dévotion et friponnerie soient deux choses
mal d'accord. Sur son chemin, il rencontre un poulailler ; il était des mieux clos, pas un seul petit trou
par où s'introduire ; cependant il était garni de poules
et de poulets, de chapons gras et de beaux coqs. Notre
pèlerin en eût volontiers fait son affaire, d'autant plus
que son havre-sac se trouvait peu fourni : le larron
avait compté sur quelque bonne fortune. L'embarras
était donc de pouvoir happer la proie ; maître Renard
rumine en son cerveau ; il cherche quelque moyen
d'arriver à son but, de mettre quelques-uns de la gent
volaille dans son sac, après avoir largement satisfait
son appétit. Il tourne autour du fort ; il y aurait peut-
être en quelque coin une fente pour se glisser : pas une.
Il ne peut pourtant se décider à manquer un si beau

coup : foi de renard, ce serait honteux de n'y point parvenir. Un renard sans stratagème n'est plus un renard, c'est une espèce de dindon : ainsi raisonnait le matois. Il se sied, repasse en sa tête tous les tours et toutes les ruses de la nation renarde. Quoi! il n'en trouvera pas une propre à la circonstance! Quoi! il sera dit qu'un renard sera à bout d'adresse et vaincu? Non, mille fois non, pas possible qu'il en soit ainsi! C'est de cette manière que la gent poulaillère le mettait en grande peine d'esprit. Plongé dans ses réflexions, il n'avait plus d'yeux, ni d'oreilles, ce scélérat passé maître. Pendant ce temps le possesseur du poulailler arrive; deux gros dogues l'accompagnaient; vite ces derniers tombent sur notre pèlerin, qui avait mis pèlerine et coquilles pour mieux tromper son monde. Aussitôt il jette le hoqueton et détale au plus vite. Mais il a beau faire cent tours et détours afin de mettre les mâtins en défaut, il est atteint; sa légèreté ne lui sert pas plus que ses ruses; il devient la proie de nos deux dogues, qui lui labourent les côtes de leurs crocs, lui faisant ce qu'il voulait faire aux poules, gent inoffensive, c'est-à-dire qu'il fut étranglé.

Etre pris dans ses piéges est souvent le sort du rusé, et c'est bonne affaire.

FABLE IV

La Pie voleuse.

Margot n'a que deux défauts, qui en valent mille
autres : elle est bavarde et voleuse. Or, un certain
jour, d'hiver ou d'été, qu'importe ? elle s'introduisit
dans une laiterie où de gros fromages étaient en abondance. Bon coup à faire : Margot s'élance ; mais, pauvre étourdie, elle va droit ....ner dans un piége,
tendu contre je ne sais qui. ..e essaye de se dégager :
en vain ; il lui fallut rester là, attendre l'issue de l'a-
venture. Ce fut long, partant plus chargé d'angoisses.
Aura-t-elle la vie sauve ? ou est-ce un funeste trépas
qui l'attend ? Elle a mille transes. On en aurait à moins.
Qui la délivrera de ce maudit piége ? Qui ? La fermière.
En effet, elle entre, trouve notre Margot, la saisit, et
crut que le meilleur châtiment était de la priver de sa
liberté ; elle l'enferma donc dans une étroite cage, au
pain et à l'eau, et encore peu largement, afin qu'elle
apprît pendant de longs jours le sort réservé à tout
voleur. Margot ne le sut que trop ; derrière les bar-
reaux de sa cage, elle voyait dans les autres le bonheur
de la liberté. Elle voyait ce bonheur, mais trop tard.
Pourquoi avait-elle été voleuse ? Juste châtiment dont
elle ne pouvait accuser le destin, mais elle-même.

———

FABLE V

Les deux Loups.

Deux loups, les plus gloutons de leur espèce, quoique le loup en général ne soit pas sobre, s'introduisirent une nuit en une bergerie où tout sommeillait. Les chiens et le berger étaient absents, la circonstance était bonne; aussi on ne saurait dire quelle fête firent nos deux larrons, à cœur fort peu tendre. Ils se mettent à l'œuvre; vite, le temps presse : le berger ou quelque importun pourraient venir troubler la fête. Sous leurs dents tombent et mères et petits. Les pauvres bêtes ont beau se plaindre, se serrer l'une contre l'autre, fuir à tous les coins de la bergerie, pas une n'échappe, une dent meurtrière les met en pièces, et la vie s'échappe avec leur sang. Qu'avaient-elles donc fait à nos deux messers gloutons? Rien, rien du tout, que d'être d'innocentes bêtes sans défense. Elles fournirent un ample repas à ces malfaiteurs; ils en prirent pour huit jours. Las de carnage et de gloutonnerie, n'en pouvant plus, ils prennent la fuite; l'étoile de la nuit pâlissait, le jour allait paraître.

Le carnage avait été affreux. Le berger arriva ; il revenait sans doute de voir Nannon, qu'il préférait à son troupeau. Mais quel spectacle ! plus de brebis, plus d'agneaux ; des corps sanglants à moitié dépecés. Lucas, c'était le nom du berger, est plein de colère et de tristesse. Ah ! si, du moins, il tenait les larrons, il leur montrerait ce que c'est que sa colère : un dur châtiment serait sa consolation en son malheur ; mais les infâmes scélérats sont échappés. Consolez-vous, berger, ils meurent dans la forêt voisine ; ils ont tant mangé qu'ils ne peuvent plus vivre ; la mort est leur juste châtiment.

Cette fable fournit mille morales ; elle enseigne la vigilance, elle montre le vice de la gourmandise ; mais je ne veux qu'un point : savoir, qu'en tout évitons l'excès, surtout dans le plaisir.

FABLE VI

Le Moineau.

Oh! la sottise que l'avarice! Un moineau se privait de tout; il avait même laissé périr sa tendre couvée plutôt que de dépenser un bout de vermisseau, un seul petit grain de blé, dont il faisait provision : pour qui et pour quand? je ne le sais. Sa sordide parcimonie fut punie très-sévèrement. Il avait caché son trésor dans le creux d'un vieux chêne; lui seul savait la cachette : or, quand la bise fut venue, un bûcheron abattit l'arbre, l'emporta et le trésor avec. Notre avare moineau ne trouva plus rien; il en mourut de dépit; et, si ce n'eût été de dépit, c'eût été de faim.

———

FABLE VII

La Pie bavarde.

Une pie voulut, un jour, faire la belle parleuse ; elle
se mit donc à gloser bel et bien, à débiter tout ce qui
lui venait à la cervelle, à parler à tort et à travers.
Quelques sots oisillons prirent plaisir à l'écouter : ils
lui trouvaient le savoir-dire, même de l'esprit. Notre
pie en est pleine d'orgueil, elle s'enfle, elle se croit la
plus sensée de la gent volatile. Toute fière, elle se rend
chez la colombe. —Bonjour, ma commère, lui dit-elle,
comment va la famille ? Ces petits ont-ils eu leur déjeuner ? Avez-vous eu soin de garnir de plumes votre
nid pour que vos poussins soient chaudement ? J'ai une
grande nouvelle à vous apprendre, vous serez ravie
de ce que je vais vous en raconter ; la buse de là-bas
en a ri tout son content. Jupiter, l'autre jour, foi d'animal..... Elle allait continuer, lorsque la colombe, en-
nuyée de ce babil, lui dit: —Ma chère, vous jasez au
plus dru, l'histoire peut être fort intéressante, mais
j'ai autre affaire qu'à vous écouter. Tenez, allez à deux
pas d'ici, en ce vieux mur, conter à ce hibou vos

sornettes : à moitié endormi, il a le temps de vous entendre. La colombe dit et prend son vol, laissant notre pie pleine d'étonnement, mais non corrigée.—Oui, se disait-elle, oui, ces colombes, vile plèbe, gent sotte et ignorante, ne sauraient m'apprécier, moi faite pour amuser les oiseaux du plus haut étage. Laissons ces indignes stupides, volons à la cour de l'aigle, le roi de la gent emplumée ! Oh ! que mon esprit va y briller ! Oh ! que j'étonnerai ce maître de l'air ! Allons, allons au plus vite, il faut qu'on sache apprécier la pie. Elle vole, elle arrive hors d'haleine, mais pleine de vanité ; elle commence son babil; elle parle à tort et à travers, dit mille choses sottes. L'aigle la mesure de son regard perçant, il trouve l'importune fort audacieuse; est-ce ainsi qu'on parle devant une majesté? Furieux, il s'élance sur elle, il la plume de tout le corps, et, quand il l'eut mise ainsi toute nue, il la jeta sur un rocher. Là notre pie frissonnante eut loisir de faire ses réflexions, en attendant que plumes lui revinssent. Elle les fit, et se promit d'être plus sage à l'avenir. — Convenons, dit-elle, que le bavardage est un vilain défaut, que de tout temps trop parler a toujours nui.

La leçon avait été forte, la morale était bonne. Puisse-t-elle n'avoir pas été utile qu'à notre pie. Je connais nombre de gens qui auraient besoin de l'une et de l'autre.

FABLE VIII

Le jeune Rat.

Un jeune rat, fort étourdi, résolut de voir le monde;
il trouvait que c'était pitié de languir ainsi en un coin:
qui n'a pas vu, disait-il, n'a su jamais rien; il faut
voyager. Ratone, sa mère, s'efforça de le détourner
de ce dessein, car il était trop jeune et sans expérience;
elle ne le put. « Raton, se prit-elle à lui dire, Raton,
ma tendresse jusqu'ici a pourvu à tous tes besoins,
rien ne t'a manqué, et morceaux de lard friands, et
grains de blé; aujourd'hui tu veux t'éloigner de moi
et parcourir le monde : je te le permets, pars; mais
fais-moi la promesse de suivre les avis que je vais te
donner. Tu es sans expérience, je ne doute pas que tu
ne deviennes bientôt la proie de quelque chat : évite
donc de trop t'aventurer; surtout n'entre jamais dans
ces hôtels grillés qui exhalent une odeur exquise, c'est
un piége tendu à notre nation par la gent humaine,
qui nous en veut, je ne sais trop pourquoi. Parce que

nous prenons notre part de ses festins, que nous rongeons de son linge quelques morceaux afin de faire notre nid? Mais n'est-ce pas notre droit? Elle vit bien, elle, aux dépens des autres animaux, les tue, les mange. Ne touche jamais, non plus, à aucun breuvage ; ils sont pour la plupart un poison mortel que cette même race humaine nous prépare. Maudite soit-elle de nous faire une guerre si acharnée, à nous pauvres bêtes qui ne demandons qu'à vivre en paix. Ne grimpe pas davantage sur ces planches où, en trouvant l'abondance, tu trouverais la mort. »

Raton promit tout à sa mère, brûlant du désir de partir et d'aller visiter et ces planches suspendues, et ces hôtels grillés. « Ma mère, se disait-il, s'intimide pour peu de chose ; elle est prudente comme les vieilles gens. Mais un voyage, d'ailleurs, où il n'y aurait pas de hasards et de périls, serait triste et ennuyeux. On n'est pas jeune pour rien, il faut que la jeunesse voie, elle aura de quoi raconter et sera plus instruite. » Notre étourdi se mit donc en route. Il cherche avec ardeur les maisons dont sa mère lui avait parlé ; il en rencontre une. Ne se sentant plus de joie, il s'y précipite, se promettant pour cette fois un bon dîner, d'autant plus qu'il avait un peu jeûné depuis qu'il était parti. « Je suis agile, se dit-il gaîment, bien habile qui me prendra. » Il entre ; une odeur de rôt exquise s'était fait sentir dès l'abord ; notre rat ronge, se régale. « Bah! dit-il, ma mère, en vérité, était une peureuse, personne n'est venu me troubler. » Mais, le dîner fait, il s'agit de sortir ; ce fut une autre affaire : point d'issue, en vain il cherche. Les avis de sa sage mère lui vinrent alors à la pensée. Il était trop tard; il lui fallut faire gîte forcé en cet hôtel devenu une prison. Le gîte ne fut pas de longue durée : un homme vint, enleva la boîte, la jeta en un seau d'eau, où notre jeune téméraire trouva la mort, plein d'un repentir trop tardif.

Tôt ou tard on a regret de n'avoir pas suivi les sages et bons conseils d'une mère.

———

FABLE IX

L'Ane.

Un âne, qui l'eût jamais cru ? voulut faire le petit-maître, se donner des airs : tantôt il marchait d'un pas complaisant, tantôt il faisait le beau, tantôt il tirait de son criard gosier d'étonnantes roulades. Il tâche de faire prendre à ses oreilles un peu moins de longueur, et il va se mirer à l'onde claire d'une rivière. Il se croit fait à ravir. Tant qu'il fut seul, tout alla bien ; mais s'étant rendu au milieu de ses semblables, il devint le sujet de leurs huées et de leurs moqueries.

Un petit-maître n'est qu'un sot, l'objet de la risée publique.

FABLE X

Le Chat menteur.

Un chat de ferme, étant un jour entré dans la laite_
rie, fit pour ce jour-là un diner de maitre. Dès qu'il se
fut bien rempli, il s'en alla, croyant que nul ne l'avait
vu : habiles si les murs parlaient. Le soir, il rentra à
la maison selon son habitude, l'air calme, mais la
conscience pas très-nette. La fermière l'interpella :
« N'est-ce pas toi, Migrobis, qui, ce matin, a mangé cinq
fromages ? » Le chat de protester qu'il n'était pas
capable d'un pareil méfait. « Quoi ! maitresse, moi si
bon gardien, moi qui fais si violente guerre aux souris
qui dévorent votre blé, vous me supposeriez capable
d'un si affreux dégât ? C'est un soupçon qui m'afflige ;
j'en pleurerais, si je pouvais tirer larmes de mes yeux.
D'ailleurs, ce matin, j'étais, à votre grange, à faire le
guet contre la gent trotte-menu, bien loin de votre
laiterie. Ne serait-ce pas Médor, ce chien qui fait le

12.

bon apôtre, auquel je ne me fie pas? il est hargneux aux bêtes et aux gens! Je le connais pour un fameux glouton, je suis sûr que vos cinq fromages ont passé par son gosier. » Notre chat, ayant ainsi parlé, se crut tiré d'affaire. Mais la fermière l'avait vu à la besogne en sa laiterie; elle le saisit, et, d'un fouet vigoureusement mené, elle lui tondit les côtes. « Misérable, lui dit-elle, je t'ai vu moi-même, et le chien que tu accuses était à l'attache: reçois donc un trop juste châtiment, et sache que tout menteur devrait être ainsi fouetté. »

FABLE XI

Le pieux Eléphant.

Dans une contrée fort éloignée, en un pays fort
chaud, vivait jadis un éléphant, le plus pieux des
animaux. Chaque jour, dès son réveil, il rendait ses
hommages à la divinité; il la remerciait de ses bien-
faits. Le soir, il ne manquait pas de renouveler ses
adorations. Il se donnait de garde d'offenser qui que
ce fût parmi les bêtes; il savait que le ciel n'aime pas
les méchants et qu'il bénit ceux qui font le bien. Il eut
sa récompense d'une piété si belle, il vécut en paix dans
les forêts, respecté des autres animaux et aimé. Il vit
sa race se multiplier, et, devenu vieux, bien vieux, il
en reçut les plus tendres soins. Sa mort fut semblable
à un doux sommeil qui prend après les heures d'une
belle journée. La chronique du pays porte même qu'il
fut placé dans la lune, où il jouit de toutes les délices
réservées aux animaux qui ont vécu pieusement lorsqu'ils étaient sur la terre.

La piété envers Dieu est toujours récompensée.
Mille fois heureux l'enfant qui en fait ses délices! il
grandira pour le bien et pour le ciel.

FABLE XII

Les Ancêtres de l'Ane.

Maître Baudet, non des moins sots, vantait son illustre origine. « Je compte, disait-il en se pavanant comme animal d'importance, je compte parmi mes ancêtres Ostenco le brave, Néarque le savant, Polyphème l'illustre, Aliboron l'indomptable, et beaucoup d'autres de grande renommée. L'âne de Sancho fut mon parent, et je descends en droite ligne de l'ânesse de Balaam. Quel, parmi la gent animale, oserait marcher à l'égal de moi et me le disputer? » Sur ce, il allait se prélassant, marchait d'un air dédaigneux et superbe. Un chien qui l'écoutait secoua la tête et lui dit : «Mon ami, lorsque tu descendrais d'Alexandre ou de César, tu ne serais toujours qu'un âne. »

Si nous n'avons d'autre mérite, ne nous vantons pas de nos ancêtres. Leur gloire fut pour eux, non pour nous. Plus d'un sang illustre serait difficile à reconnaître dans les enfants. Un crétin est toujours un crétin, n'importe d'où il vienne.

———

FABLE XIII

La bravoure de Jean Lapin.

Jean Lapin, qui le croirait? voulut faire le brave, métier peu convenable au plus peureux des animaux. Il se met donc en route pour chercher aventure. Plein de beaux projets, il devait se signaler par quelque action d'éclat, mériter par sa valeur d'être le premier grenadier de la cour du roi Lionceau. Tout en savourant de si magnifiques pensées, il avançait sa route ; il arrive sur les limites du toit paternel, d'où il n'était pas encore sorti. Le premier objet qui s'offre à sa vue est un jeune ormeau agité avec violence par le vent ; à cet aspect, Jean Lapin croit voir un formidable géant prêt à fondre sur lui; il rebrousse aussitôt chemin, fuit de toutes ses pattes, gagne vite son terrier, se promettant de n'en sortir qu'à bonne enseigne. Voilà sa bravoure.

Je connais gens qui sont braves comme Jean Lapin, mais leur bravoure ne me fait pas peur, je sais qu'ils reculeraient devant une taupinière.

Etes-vous lâche, ne vous faites pas passer pour brave, on saurait vite ce qui en est.

FABLE XIV

Le Chat et le vieux Rat.

Un chat, devenu vieux (c'est le sort qui attend chacun de nous) et ne pouvant plus aller en guerre, résolut
de suppléer par le stratagème à son ancienne habileté.
Il fit répandre le bruit parmi la république souriquoise
qu'il s'était fait derviche, un saint et pieux person-
nage qui ne pensait plus à mal faire, ne songeait qu'à
expier ses fautes passées par la prière et l'abstinence.
Il s'arrangea si bien qu'en peu de temps, il passa pour
le derviche le plus mortifié du monde; ce n'était plus
un chat, c'était un saint. La gent trotte-menu le crut;
un peu trop confiante, elle commença à mettre le nez
à l'air, à sortir de ses trous, à chercher pâture. Quelques jeunes étourdis voulaient même aller visiter le
nouvel et saint ermite, voir un peu la mine d'un chat
devenu derviche. Ils n'avaient rien à craindre, pré-
tendaient-ils. — Sur ces entrefaites, un vieux rat,
Ratisbougris, doyen de la nation, bête d'expérience,

met le nez en dehors de son trou, il entend cela.
« Mes enfants, s'écrie-t-il, croyez-moi, j'en ai vu plus
d'une, ne vous fiez pas à Ratapoil; tout ce qui sent le
derviche ne vaut rien; sous cette sainte mine se cache
un hypocrite. Je voudrais savoir s'il a rogné ses griffes
et ses dents; s'il ne l'a fait, c'est toujours un chat; le
diable en capuchon est toujours le diable. » Le conseil
était sage; les jeunes rats, par respect pour monsieur
le doyen, le suivirent. Le rusé chat fut par là trompé
dans son attente.

Ne prenons pas un visage emprunté; le fourbe est
bientôt découvert, et l'hypocrite est détesté de tout le
monde.

FABLE XV

Le Singe.

Un certain singe, je ne sais plus de quelle contrée, d'une condition fort médiocre, voulait en sortir. Il ne fut ruse qu'il n'imaginât pour arriver à son but ambitieux. Il parvint enfin à se faire nommer ministre à la cour du roi Lion surnommé le Valeureux. Qui l'eût jamais cru? notre singe ne fut pas satisfait. L'immense étendue des États de son souverain lui donna le désir de devenir le chef de quelque pays. Combien serais-je heureux, se disait notre ambitieux écervelé, si je m'entendais saluer du nom glorieux de sire, si je voyais à mes pieds la foule des courtisans humblement prosternée, si je recevais les acclamations de tout un peuple! Ceci est digne de moi, car je ne suis pas de la vile plèbe des imbéciles qui ne savent arriver à rien. Oui, un peu d'audace, et j'arriverai. Ces idées le tourmentaient. Il n'osait prendre la voie de la révolte: Sa Majesté lionne avait une puissance trop grande. La

ruse ni les souplesses ne pourraient lui réussir. Sa vie
n'était donc qu'une longue douleur, malgré son titre
de ministre, car il n'avait nul espoir d'être roi, lorsqu'un heureux hasard lui fournit une occasion favorable. Lion le Valeureux mourut; son fils, encore fort
jeune, partant étourdi, irrita ses sujets à cause de son
despotisme. Bientôt on murmura tout haut. Le singe,
qui s'était fait premier ministre, en profita; il engagea
les principaux seigneurs de la gent animale à former
une ligue contre un roi qui ne promettait qu'une
longue et cruelle tyrannie. Ses avis, disait-il, n'étaient
pas écoutés; il portait en vain le titre de premier ministre; on préférait à son expérience les conseils de
jeunes étourdis pleins d'audace et d'orgueil. Ces
paroles enflammèrent les seigneurs de la gent animale :
ils élurent chef du complot notre singe, dans la pensée
qu'ayant conçu le projet, il serait plus capable de le
mettre à exécution. Le singe lève une armée; on se
met en campagne, on livre bataille, le jeune monarque
reste sur la place; tous ses partisans, véritable ra-
caille, tels que lièvres, taupes et loups, sont mis en
fuite. Sitôt après la victoire on s'assemble, le singe
est proclamé roi. Cependant le léopard, proche parent
du lion, prétend que la royauté lui appartient, et, sans
attendre qu'on ait salué le singe du nom de sire, il
met la patte sur lui et le déchire à belles dents. A ce
spectacle, l'assemblée se prit à applaudir. « Qu'est-ce
que ce singe, disait-elle? Un animal de peu qui voulait
s'égaler à nous. Bien fait est son sort. A la bonne heure
sire Léopard! la royauté lui convient. Vive le roi! »

13

La fortune aide-t-elle l'homme ambitieux, elle ne
l'élève la plupart du temps que pour le faire tomber de
plus haut. Si elle lui refuse ses faveurs, son ambition
fait son tourment.

Médiocre et content
Vaut mieux qu'ambitieux et grand.

FABLE XVI

La Fourmi qui veut voir le monde.

Dame Fourmi voulut un jour voyager et parcourir des plages lointaines, le tout pour son seul plaisir, sans trop réfléchir à ce qu'elle allait entreprendre. Elle comprit toutefois que ses jambes, malgré sa marche alerte, étaient trop menues pour prendre sa route par terre. « Embarquons-nous; il est agréable d'être emporté au gré du courant et du doux zéphyr, sans batelier ni aviron. » Ainsi dit, ainsi fait; notre fourmi se rend au rivage, se place sur une feuille qui y flottait. La voilà embarquée. « Vivent les eaux et mon léger bâtiment! » Un petit vent pousse la feuille : en peu de temps l'esquif et la voyageuse sont transportés au large vers des plages inconnues. A la moindre taupinée que la fourmi aperçoit sur le rivage, elle est ébahie, elle crie : « Merveille ! » croyant voir une montagne telle à peu près que le Puy-de-Dôme. Sa joie est grande ; elle fait cent tours sur la feuille, ne se lasse pas d'admirer, se croit la reine des ondes. « Oh ! lorsque je serai de retour, j'aurai à raconter à mes sœurs les fourmis ; elles n'en croiront pas leurs oreilles ; à peine moi-même si j'en crois mes yeux. » Mais il fallut bientôt dire adieu au retour, car un flot couvrit la feuille et engloutit notre voyageuse.

Que de gens ressemblent à notre fourmi ! ils forment de vastes projets, entreprennent plus qu'ils ne peuvent, se promettent succès et bonheur : un coup de la fortune, et voilà tout renversé.

FABLE XVII

Les deux Rats.

Un certain Rat, nommé Rogobardus, roturier de naissance, parvint à la dignité suprême. Comment? C'est ce que je ne sais trop; peut-être quelque victoire éclatante remportée sur Mimisis, chat la terreur des rats, lui valut-elle cet honneur; tant est qu'il était roi, et roi de toute la nation souriquoise. Or, pour en venir à notre histoire, Rogobardus, devenu roi, se souvint d'un ancien ami qui l'avait choyé au temps de la détresse. Il voulait le récompenser magnifiquement : il lui envoya trois des plus grands seigneurs de sa cour, avec ordre de le lui amener.

Dès que le pauvret fut arrivé, grand festin, grande joie: le régal dura trois jours; jamais rats ne remplirent si bien leur panse. Au bout de ce temps, le roi prit son hôte en particulier :

« Ami, dit-il, les dieux, en m'élevant à un rang si haut, m'ont fourni le moyen de te témoigner ma reconnaissance; je sais ce que tu as fait pour moi au temps de ma misère, je ne l'ai point oublié, je veux te récompenser. Tu vois quelle fête on fait ici : reste près de moi, et jouis de mes faveurs.

— Sire, répondit le pauvret, je vous ai grande obligation, mais je préfère ma médiocrité à tous vos festins de roi. Jusqu'à ce jour j'ai vécu tranquille dans mon trou, pourquoi le quitterais-je? L'abondance et le plaisir entraînent avec eux leurs chagrins : c'est un précepte que j'ai reçu de mes grands-parents, qui, comme moi, vécurent pauvres et contents. Ici on me verrait bientôt d'un mauvais œil; votre faveur me ferait des envieux. Je ne suis pas fait pour la cour, trouvez bon que je m'en retourne dans mon trou. » Notre rat dit et partit aussitôt, sans attendre la réponse.

Ami, imitons ce rat, il avait raison; la médiocrité est le plus sûr moyen de vivre heureux : la cour et les grandeurs ont un éclat trompeur, les sages les dédaignent, les fous courent après.

———

FABLE XVIII

Carpeau Frétillon.

Carpeau Frétillon, dégoûté de vivre toujours sous
les eaux, résolut de se jeter sur le rivage, afin de voir
comment on se trouvait à terre. Aussitôt résolu,
aussitôt entrepris. Voilà Carpeau sur l'herbe, très-
joyeux d'être hors de l'onde. Tout alla bien d'abord;
mais peu à peu Carpeau sentit que les forces lui man-
quaient, que la mort arrivait. Vite il voulut gagner le
large; il n'était plus temps, Carpeau ne put jamais se
lancer dans le ruisseau. Il fallut rester sur la rive,
attendre la mort, plus cruelle parce qu'il la sentait
inévitable.

Sachons nous contenter de la condition en laquelle
la Providence nous a fait naître. Le mal d'aujourd'hui,
c'est que chacun veut en sortir.

———

FABLE XIX

Le cheval en liberté.

Dom Belzir, coursier de noble race, las de l'écurie et du frein, voulut se mettre en liberté. Ayant rompu sa bride, il s'échappe. Il est dans la plaine, loin du fouet et du maître, se moquant des étrivières, sautant, bondissant, caracolant, faisant mille gentillesses, maintes évolutions, maints tours, très-content d'être libre et se promettant de ne plus se laisser mettre à l'attache. Harassé et se sentant affamé, il se couche sur l'herbe tendre de la prairie. Sur ces entrefaites arrivent deux messires loups, dont la mine efflanquée annonçait qu'ils n'avaient pas diné depuis longtemps; aussi ne manquaient-ils pas d'appétit. La rencontre était belle : aussitôt un coup de dent, puis un autre, puis trois, puis quatre; le coursier est bientôt mis en pièces, malgré force ruades, et paye ainsi chèrement sa liberté.

Jeunes gens si impatients du joug, voilà une belle leçon. Heureux celui qui sait souffrir un frein, surtout celui de la religion.

ANECDOTE

—

J'étais jeune prêtre ; malgré mon inexpérience, une paroisse de campagne m'avait été confiée : je fis de mon mieux, avec l'ardeur de la jeunesse, du zèle et de l'imagination, ce qui est un bien, ce qui est un mal ; la maturité de l'âge est préférable, quoiqu'elle ait son mauvais côté ; chaque chose l'a en ce monde, rien n'est parfait. Je trouvai, malgré la perturbation des événements de 1830, un fonds de religion et généralement la connaissance précieuse de Jésus-Christ, base du christianisme : *O Père, la vie éternelle est de vous connaître, vous seul vrai Dieu, et Jésus-Christ, que vous avez envoyé.* (Saint Jean, ch. XVII, v. 3.) Ceci était l'œuvre en grande partie d'une vénérable fille de campagne, pleine de foi, de zèle et de charité. Cette fille vivait de peu, et dans son insuffisance du côté de la

13.

fortune, elle trouvait encore de quoi faire l'aumône. Son ménage, propre et bien tenu, faisait supposer l'aisance villageoise. Elle aimait à instruire les enfants, à les reprendre de leurs fautes, à leur inspirer la crainte filiale de Dieu. Les enfants l'écoutaient, la respectaient, l'aimaient. Elle se plaisait à visiter les malades ; il n'en était pas un seul à qui elle n'apportât de bonnes et saintes paroles, pas un qui ne la vit avec bonheur à son lit de mort. Elle leur parlait de Jésus-Christ. Simple comme une personne qui n'est jamais sortie de son village, cependant femme de tête et d'intelligence, elle imposait à toute la paroisse, parce qu'elle avait su inspirer le triple sentiment de l'estime, du respect et de l'affection. Elle avait de la dignité dans sa tenue, bien faite, grande, le regard perçant, la taille pincée et le costume comme au siècle dernier. Sa vi avait toujours été pure, sa conduite toujours prudente. Elle avait du tact, aussi n'avait-elle pas le zèle empressé et maladroit d'une dévotion mal entendue ; elle savait la réserve qu'il faut mettre dans l'œuvre de Dieu. A cette époque, elle avait environ 56 ans. Je la nomme, car le pauvre, l'humble et le petit doit être honoré lorsqu'il est bon. C'est une simple villageoise, d'un rang obscur, inconnue au monde, qu'importe ? La gloire est due à la vertu ; tant d'encens criminel est prodigué au vice ! D'ailleurs, elle n'est plus d'ici-bas, elle est allée recevoir la récompense réservée au juste par delà la tombe. Marie Lenormand est une de ces pieuses filles qui vivront dans ma mémoire plus que tout ce qui m'a frappé dans l'éclat des choses de ce monde :

elle a aidé à mon ministère avec un zèle si pur, si
désintéressé, si louable ! Elle a fait beaucoup de bien
avec peu de bruit ; son mérite en est d'autant plus
grand. L'Evangile ne veut ni le bruit ni l'éclat, mais
la simplicité de la colombe et la prudence du serpent,
avec la douceur et l'humilité de cœur. Marie Lenormand
réunissait ces quatre qualités ; mais il y avait de l'énergie dans sa douceur, car c'était une femme de caractère,
ayant force d'esprit. Elle avait la connaissance parfaite
de Jésus-Christ ; elle racontait admirablement bien
aux petits enfants l'étable de Bethléem, et aux mourants
la croix du Sauveur : les uns et les autres la compre-
naient. Que d'enfants de la paroisse d'Oinville-Saint-
Liphard lui doivent ce qu'ils savent de Dieu, des enfants aujourd'hui devenus hommes et pères de famille !
Que de mères de famille ont été formées par elle dans
leur enfance et leur jeunesse au sentiment religieux !
Ce qu'elles en ont encore est dû à ce généreux zèle de
Marie Lenormand.

Mais, en parlant d'une pieuse fille qui a été l'appui et
la consolation de mon ministère dans les jeunes années
de mon sacerdoce, je me laisse entraîner et j'oublie ce
que je voulais raconter. J'étais donc un tout jeune curé
de village, un humble desservant, pour me servir du
langage officiel et légal ; j'avais au fond du cœur le
désir ardent de gagner les âmes, de les amener à la
connaissance et à l'amour de Jésus-Christ. Or, il y
avait une quinzaine de mois que je dirigeais cette
paroisse ; c'était un lendemain de Noël, il faisait froid,
la neige et la glace couvraient la terre. Je venais de

chanter la grand'messe du protomartyr saint Etienne, deux jeunes personnes, filles de fermier, entrèrent m'avertir qu'une mendiante était mourante à leur ferme. La distance à parcourir était de deux kilomètres. C'était une ferme isolée ; je promis de m'y rendre sitôt que j'aurais pris un peu de nourriture. Je me hâtai, craignant de trouver la malade morte. Je le dirai, je craignais encore davantage de la trouver sans instruction et sans sentiment religieux : car une mendiante inconnue, qui allait de ferme en ferme chercher un morceau de pain et le gîte, ne me paraissait pas devoir donner grande garantie. J'arrivai, j'abordai cette inconnue, pauvre vieille femme. Elle était étendue de son long sur la paille dans une grange. Son mal était une fluxion de poitrine, elle avait peine à parler, elle étouffait, elle était haletante. Je me jetai près d'elle sur la paille, un siége quelconque eût été impossible pour lui parler et l'entendre ; j'étais préoccupé de son âme plus que de toute autre chose, inquiet que j'étais sur ses dispositions. Après lui avoir parlé quelques instants de ses souffrances, je voulus, avant d'entamer le point religieux, savoir si elle avait la connaissance de Jésus-Christ, connaissance indispensable pour la vie éternelle d'après le texte sacré. Je lui demandai donc simplement : « Connaissez-vous Jésus-Christ? » Pauvre souffrante, à ces paroles, elle se ranime ; elle tire de sa poitrine oppressée ces mots que je n'oublierai jamais : *Ah! si je connais Jésus-Christ? Il a été couché sur la paille ainsi que je suis là. Oh! oui, je le connais: il a vécu pauvre comme moi.* Il y avait dans la manière de dire de cette mendiante de la confiance, de la douleur et de l'amour. La pensée que Jésus-Christ avait été pauvre comme elle était sa consolation. Son espérance était qu'il avait été crucifié. *Il était Dieu,* m'ajouta-t-elle, *il n'a pas dédaigné de se faire semblable à moi.* Aussi embrassa-t-elle avec effusion et avec bonheur la croix que je lui présentai. J'étais heureux de mon côté d'avoir à la lui présenter à cette heure suprême. Elle connaissait Jésus-Christ; au moment de quitter ce monde, quoique couchée sur la paille, cette connaissance lui valait mieux que toutes les richesses, que toutes les grandeurs, que tous les honneurs et toutes les dignités qui ne servent à rien en cette dernière heure, si ce n'est à rendre plus difficile et plus dangereux le passage de la vie à la mort. Elle ne se trouvait pas malheureuse sur la paille d'une grange, vêtue de quelques haillons, à peine couverte d'une mauvaise couverture de laine : elle espérait la récompense. Elle avait servi Dieu dans la souffrance et la privation, la récompense lui était due : c'était là sa confiance en cette dernière lutte. Nous célébrions Noël, la crèche de Bethléem était présente à sa pensée. Le dimanche, en mendiant son pain depuis qu'elle était vieille et incapable de travail, elle s'arrêtait à l'entrée des églises pour entendre la messe. Je fus ému de cette foi et de cette confiance, j'étais près d'une mendiante chrétienne; j'avais craint le contraire : j'admirai. Elle mourut dans la douce pensée que Jésus-Christ, son Sauveur, avait été sur la paille comme elle, car elle expira peu après mon départ. Je comptais la revoir, on vint m'avertir qu'elle n'était plus. J'eus soin de lui faire faire un enterrement convenable. Sa pauvreté complète ne devait pas l'exclure d'un convoi décent ; j'honorai sa foi, elle avait connu Jésus-Christ. Elle avait souffert, la miséricorde céleste lui était ouverte. Elle ne s'était plainte, à l'heure de la mort, ni de la paille, ni du dénûment ; elle avait compris que par là elle avait pu être agréable à Dieu, elle avait raison. Que le pauvre est grand, est digne, lorsqu'il est ainsi pauvre ! Qu'il y a également de la félicité d'approcher d'un tel pauvre ! on est à la fois instruit et édifié. Heureux le pauvre qui connaît Jésus-Christ comme l'a connu la mendiante de Cotainville ! Il est alors plus que le riche dans la voie du salut, parce qu'il est plus semblable à Jésus-Christ, qui s'est fait pauvre pour nous, selon l'expression de l'apôtre. Je le déclare, une des plus douces heures de mon ministère sacerdotal a été celle passée sur la paille près de la mendiante qui grelottait et haletait. En pouvait-il être autrement ? elle m'avait dit d'une voix trop accentuée et trop émue qu'elle connaissait Jésus-Christ, semblable à elle par la pauvreté et la paille de la crèche.

LA FÊTE PATRONALE DANS LES AGES DE FOI

ET LA

FÊTE PATRONALE A NOTRE ÉPOQUE

(Publié en feuilleton dans un journal religieux, 31 juillet 1841)

———

L'Ecriture a dit, en parlant des saints personnages
de l'ancienne loi, que leurs corps avaient été ensevelis
dans la paix et que leur nom vivrait de génération en
génération (*Eccli.*, ch. XLIV, v. 14). C'est un riche
et somptueux éloge, l'innocence dans la vie du juste,
la paix sur son tombeau, l'éternité dans la mémoire
qui doit rester de lui : cette manière de parler aux
enfants de la gloire de leurs pères est belle, elle appar-
tenait à l'Ecriture. Mais ce qui a été dit des patriarches
et des grands hommes des temps passés peut s'appli-
quer aux justes de la loi nouvelle; eux aussi ont une
belle vie à raconter, un tombeau glorieux, une renommée sans fin. Ne les a-t-on pas ensevelis dans la
paix? et n'est-ce pas près de leurs ossements qu'on vient
demander la santé et la grâce? L'autel est encore aujourd'hui leur tombeau; Jésus aime toujours à mêler
son sang au sang de ses martyrs, et il n'est point
dans le monde chrétien de temples qui ne possèdent
quelques reliques : la gloire du saint le plus obscur, si

belle au ciel, demeure encore sur la terre. C'est surtout dans son titre de patron que chaque saint trouve
cet honneur. Protecteurs des empires, des diocèses,
des paroisses, des particuliers eux-mêmes, des autels
leur sont dressés, des statues leur sont érigées, des
couronnes leur sont prodiguées, des hymnes sont
chantées en leur honneur, et la prière monte vers eux :
leur mémoire et leur nom peuvent-ils s'éteindre ?

Personne n'ignore que dans les âges de foi et d'un
véritable christianisme, la fête patronale était une des
grandes solennités de la paroisse. C'était d'autant
plus un jour de joie pure que la fête était spéciale, et
un usage antique, qui se conserve dans un sens contraire, faisait inviter la parenté du voisinage. Les
liens de la famille et même ceux de l'amitié devenaient
plus forts par une si sainte réunion : n'était-ce pas,
d'ailleurs, le jour où toute querelle devait cesser, car,
entre les chrétiens, comment toujours se haïr, lorsque
le soleil ne devrait même se coucher sur aucune
colère ? Un grand concours se faisait donc dans l'église
du lieu. Il y avait vanité permise à déployer le luxe
des plus grandes cérémonies : les richesses de la
terre appartiennent à Dieu, qui oserait en condamner
l'éclat sur son autel et dans son sanctuaire ? Le monde
les revendique assez, lui qui en abuse et auquel elles
ne sont point dues. Chaque paroissien était attiré
moins par la pompe du jour que par la conviction
d'un devoir religieux à remplir. Aux vibrations de
l'airain, il déployait ses plus beaux vêtements, il hâ-
tait le pas ; les places étant en ce jour à celui qui les
occupait le premier, il craignait de n'en point avoir à

cause des étrangers. S'il était vieux, il aimait à entendre la voix du vieux chantre; alors rien ne lui
semblait changé, que d'avoir coulé doucement sa vie.
S'il était jeune, il admirait cette voix qui savait re-
trouver les accents mâles de la jeunesse; rajeunie
qu'elle était par cette fête de famille, la voûte à son écho
frémissait comme la feuille que le vent du soir a atteint.

Au sortir de l'église, la table était dressée; le linge
y était blanc, la simplicité exquise, la douce joie y
était prodiguée, et dans cette entrevue si douce de
frères et d'amis, souvent un mariage était conclu, de
pudiques amours prenaient naissance, en attendant
que Dieu les sanctifiât et que l'Eglise les couvrît de son
voile mystérieux. Parfois au son du chalumeau on
terminait la soirée; mais c'était une danse pure
comme les mœurs, et l'œil maternel veillait sur l'innocence; la grand'mère donnait la main au petit-fils, la
jeune fille au grand-père, et chacun cadençait son pas
selon son âge. Naïveté de sentiments, pureté d'âme,
émotions qui ne faisaient pas rougir, qui vous a em-
portées ? Vous vous êtes envolées dans les contrées
encore vierges du mal, avec la vieille foi, car vous ne
pouvez demeurer là où l'on ne croit pas.

Mais ce côté de la fête patronale n'est que le côté
poétique; je ne viens point faire ici que de la poésie. La
fête patronale, comme toutes les grandes solennités de
la religion, remuait alors les consciences; elle sur-
prenait une larme au pécheur, et cet attendrissement
du cœur était l'indice d'un prochain retour à la vertu.
L'âme tiède était touchée, elle était gagnée, et, comme
la fleur qui retrouve une salutaire vigueur dans la

rosée, elle reprenait vie. L'âme pieuse et chrétienne
comptait ce jour un grand jour, les saints mystères ne
se célébraient pas sans qu'elle n'y eût participé. Or,
commele grand nombre étaient chrétiens, c'était le
grand nombre qui s'asseyaient à la table sainte. Rani-
mant la ferveur, la fête patronale renouait entre tous
les liens de la charité, d'où résultent l'union et la paix.

Ces cœurs simples, qui savaient aimer, aimaient
fortement; ils aimaient au-delà du tombeau. Le lendemain de la solennité, la cloche ne sonnait plus en
joyeux accords, elle laissait échapper le glas funèbre.
L'église se remplissait, les vêtements étaient noirs
comme les parements de l'autel; le *Dies iræ* faisait
souvenir du jugement, mais le prêtre, comme l'ange
qui réveillera les morts, donnait l'espérance de la
future immortalité, en chantant que la nécessité de
mourir était le moyen d'une éternelle demeure dans
les cieux. Amené sur les rivages de l'éternité, le
peuple chantait le cantique des séraphins : *Saint,
saint, saint est le Dieu des combats*. Puis il s'écoulait
lentement, s'agenouillant à la tombe d'une mère, d'un
époux, d'un fils, d'un ami; il y déposait la paix et
l'espérance qu'il avait recueillies l'une et l'autre dans
le temple du Seigneur. C'était là, aux âges d'or de la
piété, ce qu'on appelait fêter son patron.

Aujourd'hui la cloche vibre encore dans les airs,
l'autel est encore paré, les chants joyeux se font entendre, mais le temple est vide, vide comme aux plus
simples dimanches. On ne voit plus flotter la bannière
du patron, précieux étendard, nobles armoiries qui

indiquaient une céleste origine et une destinée céleste.
L'homme aussi vagabond que ses pensées, ne tient
plus au vieux clocher de sa terre natale ; les tintements
de la cloche qui a célébré sa naissance spirituelle ne
vont plus à son cœur, il n'a plus de sympathie
pour le lieu de commune prière, parce qu'il n'adore
plus. Cependant, au jour marqué dans le calendrier, il
assemble sa parenté. Il a tué le veau gras, il a dé-
ployé le luxe sur sa table, et, au milieu de rires effré-
nés, il verse le nectar à pleins bords ; la lubricité s'enflamme dans ses yeux, il se lève et va chercher l'appât
à ses passions criminelles. Ce ne sont plus les danses
pudiques, les chastes regards, la craintive innocence ;
il varie ses mouvements, désordonnés comme son
âme, aux sons tantôt perçants, tantôt mous, d'une
musique où respire la volupté, quoique agreste. Les
heures de la nuit se multiplient, et sa fureur redouble.
A la clarté vacillante des flambeaux agités, on croirait
voir ces farfadets que la simplicité antique faisait
s'échapper de l'enfer afin d'épouvanter et de tourmen-
ter les vivants. Ne cherchez pas la mère près de sa fille ;
elle l'a laissée aller, lui confiant son innocence, qu'elle
seule, mère, elle pouvait garder : sa fille se laisse
ravir son innocence, ou plutôt elle la donne et la prodigue. Le jeune adolescent sait déjà l'art du crime, la
pudeur est chassée de son cœur et de ses lèvres, ses
paroles font frissonner comme le sifflement du serpent.

Le matin de cette nuit, la cloche des morts sonne ;
des cris de joie ravivés par le jour couvrent son son
plaintif. On oublie la mort et ceux qu'elle nous a ravis.

Que fait, en effet, une cendre froide à ceux qui croient
que c'est le néant ? On n'a plus les larmes de la piété
filiale, les mélancoliques douleurs de l'amitié, les éter-
nels souvenirs de la foi conjugale. La mort troublerait
ces fêtes du temps ; autrefois elle rendait plus douces
les fêtes, images de celles de l'éternité. On effeuille les
roses, mais on laisse les épines ; et les mêmes mains
qui ont cueilli les unes cueilleront les autres : ce sera
le lendemain de la fête ; ainsi le veut la justice de Dieu
méconnu. On a donné à cette fête des passions le
nom sacré du patron, voilà tout ce qui reste de l'antique usage. Plus aussi la bonne foi des vieux temps,
les goûts champêtres, les traits calmes d'une belle
âme, l'aimable ignorance du toit paternel non quitté ;
mais c'est l'astuce au regard faux ou le libertinage à
l'œil éhonté, la science et le désir du mal ; au milieu
de tout cela, cependant, la souffrance.

Qu'il est besoin que la religion règle et sanctifie nos
plaisirs, amers ou dangereux sans elle ! Combien il
importe au législateur d'en rappeler la céleste influence !
Les lois des législateurs ne préviennent rien, en outre
elles répriment mal ; la religion prévient tout, l'onc-
tueuse tendresse de sa voix gagne les passions, elle se
les attache, elle les dompte presque sans que celles-ci
s'en doutent. Heureuse influence qui chasse le crime
des grands chemins, les pleurs de l'âtre du foyer, les
remords de la couche, les désirs insatiables du cœur
de l'homme ! heureuse influence qui trouvait dans la
fête patronale un si céleste, un si divin reflet !

———

NOTICE SUR L'ÉGLISE DE RIEUX

(Diocèse de Châlons, département de la Marne.)

L'église de Rieux, sur les confins de la Champagne, du côté de la Brie, paraît être de la fin du XIII° siècle. Les piliers sont cantonnés de plusieurs colonnettes. On remarque les griffes à leurs bases ; à leurs chapiteaux les crochets et des feuilles d'arbres ou des plantes posées verticalement. Le sanctuaire est remarquable par l'élégance de sa structure tant à l'intérieur qu'à l'extérieur. A l'intérieur règne dans tout son pourtour une galerie haute ; au-dessous, sur le sol, sont des enfoncements ou niches qui forment également galerie. La galerie supérieure, composée de sept travées, est pratiquée dans les murs de refend ou de soutènement sur lesquel viennent s'appuyer les retombées des voûtes. Ce sont ces murs qui, au rez-de-chaussée, forment les niches dont nous avons parlé. Les entre-co-

lc nnements sont séparés par de petits piliers cantonnés
de cinq colonnettes du meilleur effet. Leur arcade
mou'e jusqu'à la clef de voûte, disposition particulière
à noter. La voûte est à arcs-doubleaux et en tiers-point.
Les baies du sanctuaire se composent de deux formes
ogivales, séparées par un meneau à plate-bande et
surmontées d'une rose ou roue. La galerie inférieure
est à arcades trilobées. Chacun des entre-colonnements
formant en bas une espèce de niche, cette disposition
de structure est à remarquer comme très-rare.

La nef a dû être détruite. Celle d'aujourd'hui est
accompagnée de deux latéraux montant jusqu'au
sanctuaire ; mais leur dernière travée, parallèle à celle
qui forme le chœur, est du xiiie siècle. La voûte de la
nef et de ses latéraux est un plein-cintre en berceau.
Les arcades des entre-colonnements ont la forme ogivale. Les piliers, en pierres meulières, pierres du pays,
sont gros et carrés. Ils sont terminés par une simple
corniche ou bande en tailloir.

Le chœur et les travées latérales qui l'accompagnent
sont de la même époque que le sanctuaire. En ces
travées, il y a un autel qui termine les latéraux. Le
devant de l'autel de Saint-Nicolas, au latéral méridional,
est une boiserie composée de médaillons renfermant
des figures de femmes à nez effilé. Elles sont coiffées à
l'antique (moyen âge). Ces médaillons sont encadrés
par des figures grotesques de poissons, espèce de
dauphins. Cette boiserie paraît être de l'époque romane.
Cependant il ne serait pas impossible qu'elle fût une

œuvre de la Renaissance, du xvie siècle : je suis porté
à le croire.

Avant le badigeon blanc qui recouvre aujourd'hui
ses murailles et ses voûtes, l'église a eu une peinture
murale ou plutôt une autre espèce de badigeon simu-
lant des briques.

L'église de Rieux est véritablement intéressante
sous le rapport de l'art.

LETTRE

que j'adressai au ministre de l'Instruction publique
en ma qualité de correspondant de son Ministère
pour les monuments historiques.

––––––

Monsieur le Ministre,

A l'extrémité du département de la Marne, près des
départements de Seine-et-Marne et de l'Aisne, dans le
canton de Mont-Mirail, est une intéressante église,
l'église paroissiale de Rieux. On prétend qu'elle était
au moyen âge celle d'une communauté de femmes de
l'ordre de Saint-Benoît. C'est une construction du
XIIIᵉ siècle. Son sanctuaire est remarquable par une
élégante galerie pratiquée en tout son pourtour. Les
travées sont au nombre de sept. Leur arcade monte
jusqu'à la voûte d'après la disposition de la galerie.
Les entre-colonnements sont soutenus par de petits
piliers cantonnés de cinq colonnettes par le devant.
Au-dessous de cette galerie supérieure, il en existe une
à ogives trilobées, avec tores ou boudins aux archi-

14

voltes. Chaque entre-colonnement offre un renfonce-
ment digne de remarque : ce sont autant de niches.
C'est ce que je viens d'appeler galerie inférieure. Elle
est maintenant cachée par une boiserie qui garnit le
sanctuaire. Ce n'est qu'en montant à l'échelle qu'on
peut voir le travail. Les baies se composent de deux
formes ogivales surmontées d'une roue ou rose. Les
meneaux sont à plate-bande. La voûte est à arcs-
doubleaux. Les chapiteaux des piliers sont à crochets
avec feuillage posé verticalement. Leurs bases ont
des griffes. La nef a dû être détruite. Celle qui existe
maintenant, avec les deux latéraux montant jusqu'au
sanctuaire, a une voûte plein-cintre en berceau. Les
arcades ont la forme ogivale et de gros piliers carrés
terminés par une simple corniche en tailloir. Au haut
des latéraux, dont la travée supérieure, comme l'unique travée du chœur, est de la même époque que le
sanctuaire, il y a un autel. Au latéral du midi, le devant de l'autel de Saint-Nicolas est formé d'une boiserie style roman et composée de médaillons renfermant des figures de femmes à nez pointu, coiffées à
l'antique (moyen âge). Ces médaillons sont encadrés
par des poissons de formes grotesques ; ce sont des
espèces de dauphins.

La petite église de Rieux, classée parmi les édifices
du département à conserver, mérite l'attention du
comité. Il serait bon d'enlever les boiseries qui cachent
la curieuse galerie inférieure de son sanctuaire, et de
mettre le tout au moins en bon état de conservation.
La fabrique est dans l'impuissance pour faire cette dé-

pense. Elle assainit en ce moment le sanctuaire par un dallage nouveau, sans toucher en rien à ce qui pourrait gâter le monument. J'ai cru utile, Monsieur le Ministre, de vous signaler ce précieux reste du XIIIe siècle caché au fond d'une vallée de la Brie champenoise.

En ce moment, je m'occupe du dépouillement de vieux manuscrits que M. Carra de Vaux, propriétaire du château de Rieux, juge au tribunal de la Seine, a bien voulu me confier. Si je trouve quelque chose d'intéressant pour l'histoire, j'en enverrai copie au Comité.

TABLE DES MATIÈRES

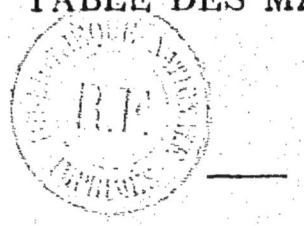

209.— Paris-Auteuil. — Imp. des Apprentis catholiques —
Roussel. — 40, rue La Fontaine.